人質

佐々木 譲

ハルキ文庫

角川春樹事務所

人質

「ラ・ローズ・ソバージュ」見取り図

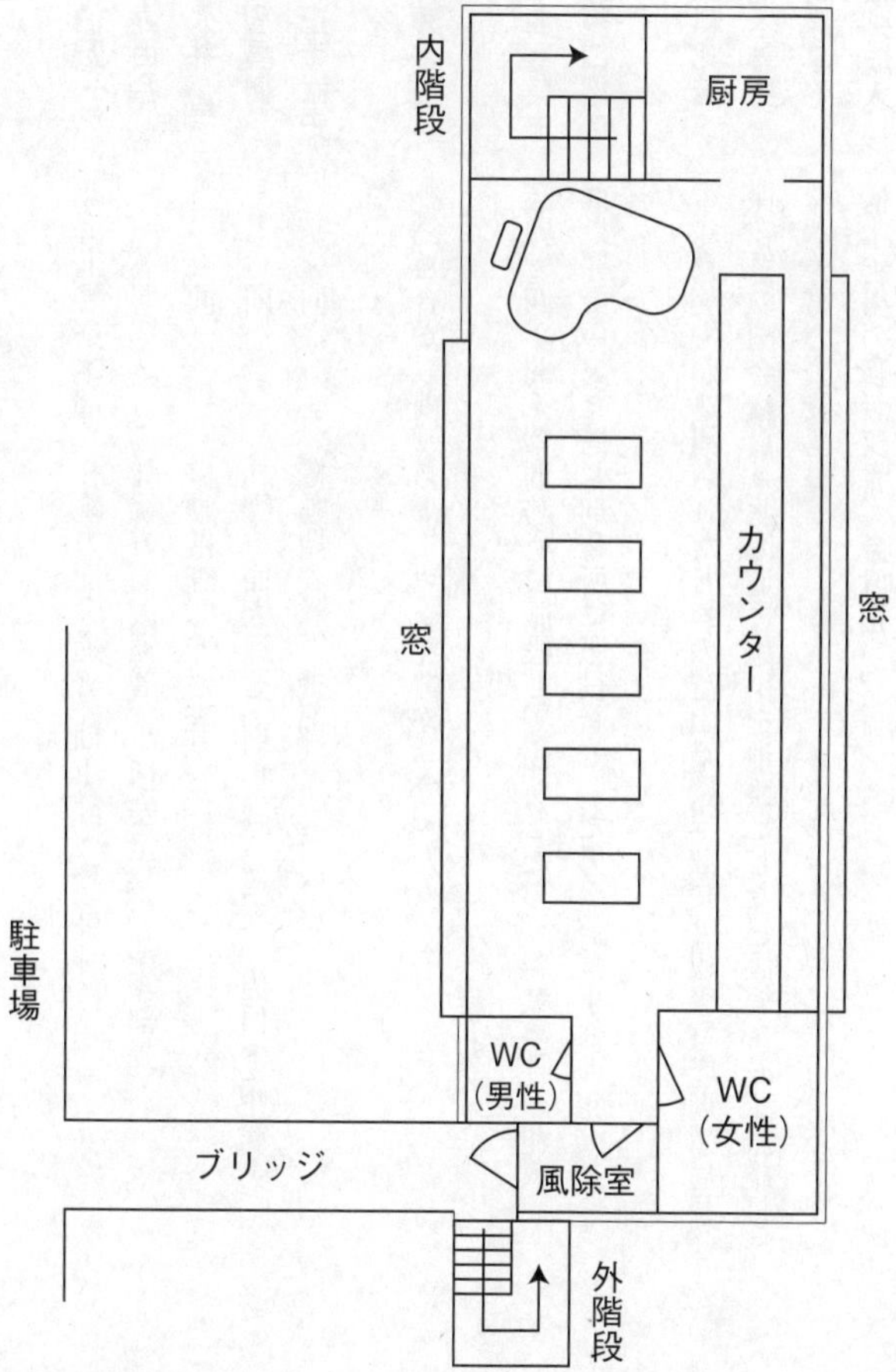

〈主な登場人物紹介〉

佐伯宏一　北海道警察本部　札幌方面大通署　刑事課　警部補。
小島百合　同　札幌方面大通署　生活安全課　巡査部長。
津久井　卓　同　機動捜査隊　巡査部長。
新宮昌樹　同　札幌方面大通署　刑事課　巡査。佐伯の相棒。
長正寺武史　同　機動捜査隊　警部。

村瀬香里　小島百合が以前、ストーカー犯罪から守った女。
中島喜美夫　冤罪で四年間千葉刑務所に服役し、出所した男。監禁事件の犯人。
瀬戸口裕二　詐欺罪で中島と同じ刑務所に服役していた男。監禁事件の犯人。
山科邦彦　中島喜美夫が逮捕されたときの富山県警本部長。現警察庁刑事局長。
楠木善男　保守系の国会議員（北海道・旭川を地盤とした建設族・商工族議員）。
高野淳平　楠木善男の公設秘書。
桜井成人　楠木善男の私設秘書、会計担当。

●監禁事件に居あわせた客と店の関係者

山科早苗　山科邦彦の妻。
来見田牧子　山科邦彦・早苗の娘。「ラ・ローズ・ソバージュ」でのプライベート・コンサートを予定していた。
来見田由香　牧子の娘。
来見田秀也　牧子の夫。北海道庁出向中の総務省審議官。
竹中光男　北大名誉教授。
竹中久美子　竹中光男の妻。
浅海奈津子　ワイン・バー「ラ・ローズ・ソバージュ」のオーナー。楠木善男の娘。
水島　彩　「ラ・ローズ・ソバージュ」の従業員。

本書は二〇十二年十二月に、小社より、単行本として刊行されました。

「馬鹿を言うな」と怒鳴ったのは、公設秘書だ。「事情を訊かれて、あの口座のことを全部警察に話せってか？　ただの裏ガネじゃない。ゼネコンからのキックバックじゃないぞ。外国政府からのカネだ。ばれたら先生の政治生命はない」

「でも」とメガネがおずおずと抗弁しようとした。

「駄目だ」と、また公設秘書は言った。「警察沙汰《ざた》にはできない。絶対にだ」

「どんな被害が出てもですか？」

「当たり前だ」

「それより」と、シャツ姿の男が口を開いた。

公設秘書もメガネの男も、その男に顔を向けた。

「口座のことを知っている人間は何人だ？　限られてる。身内の中に関係者がいる。調べ上げろ」

公設秘書が、指を折りながら言った。

「先生と、わたしを含めた公設秘書ふたり。札幌事務所の私設秘書のこいつ。四人です」

私設秘書と言われたメガネの男が言った。

「わたしの前任の秘書も、知っていました。それに先生のご家族は？」

「知らん」先生と呼ばれた男が憤然として言った。「知ってるはずはない」

「銀行の関係者」と公設秘書。「先生の運転手も耳にしているかもしれません」

またメガネの私設秘書。

「先生の外遊には、あの商社がふたり荷物持ちを出していました。口座は知らなくとも、あのときのスーツケースの中身が何であったかは、知っているんじゃないでしょうか」

「何が言いたいんだ？」と公設秘書。

「ひとりが何もかも知らなくても、銀行とあそこの社員が情報を持ち寄れば、口座のことは知れます。それがどんな性格の口座なのかってことです。つまり事情を知っているのは、ひとりだけではないのでは？」

「部分的にしか知らなくても、そのひとりがわかれば、関係者を全部暴き出せる。その連中に思い知らせてやる」

「でも、被害届けも出せないことだとしたら、強請《ゆすり》にきた男を突き止めても、警察にも突き出せない。向こうは痛くもかゆくもない」

「もういい」と、シャツ姿の男がいらだたしげに言った。「とにかく調べられるだけ調べろ。あとは様子見だ」

公設秘書も私設秘書のメガネの男も、ぺこりと頭をさげた。それがきょうの結論だった。

1

すでにその住宅の前には、白と黒の無線警ら車が一台停《と》まっていた。制服警官がふたり、敷地内のコンクリートの三和土《たたき》の上で、パジャマを着た初老の男から話を聞いている。その前の歩道を、スーツ姿の男が足早に通りすぎていった。腰ほどの高さのブロック塀と植え込みを回した二階家だ。敷地の西側、母屋と並んで車庫がある。車庫のシャッターは下りていた。

佐伯宏一《さえきこういち》警部補の乗る捜査車両は、警ら車のうしろに停まった。運転席で佐伯の部下である新宮昌樹《しんぐうまさき》巡査がサイドブレーキを引き、エンジンを切った。

新宮が、ガラスごしに周囲を眺めて言った。

「よくこんなところで盗む気になりますね。ただでさえ、警官の数が多い地区なのに」

助手席で佐伯がドアハンドルに手をかけて言った。

「まったく土地勘がなかったのか。何かべつの理由があるのか」

サクラの見頃も終わった五月も下旬、木曜日の午前八時四十五分だ。まだ通勤途上の通行人の姿が目に入る。札幌市の住宅街の一隅だった。佐伯と新宮は捜査車両を降りた。

ふたりは、北海道警察本部札幌方面大通《おおどおり》警察署の刑事課に所属する捜査員だった。窃盗犯を専門に担当している。今朝、自家用車盗難の一一〇番通報があり、佐伯たちは出勤早々課長の指示を受けてこの現場にやってきたところだった。

このあたりは札幌の大通警察署の管内でも、あまり犯罪発生件数は多くないエリアだった。医科大学や総合病院が集中するエリアに隣接しており、住人も医師をはじめとした専門職や大学関係者が多い。あるいは一流企業のホワイトカラー家族や自営業者だ。札幌の中でもやや格が高めの住宅街である。表通りには高層の集合住宅が並んでいるが、中通りにはまだまだ一戸建ての住宅が多かった。市の中心部に近いにもかかわらず、エリアの風情は落ち着いている。流しの犯罪者は、このあたりの街路を通っただけで、敬遠すべきと感じることだろう。

その住宅街で、自家用車の盗難があった。盗まれたのは、国産の大衆車とのことだった。佐伯は身分証明書を見せながら制服警官たちに近づいた。制服警官たちは敬礼して、佐伯たちに場所を空けた。

「こちらが車の所有者です」と、年輩の制服警官はパジャマの男を指さして言った。「盗まれたのは……」

四年落ち。五ナンバー。ファミリー向けの車だ。プロの自動車窃盗犯たちが狙《ねら》う車ではなかった。

佐伯はその警官に訊《き》いた。

「照会は？」

「終わってます」

「犯行時刻の見当はついてます？」

「まだ、深夜から朝にかけてとしかわかっていません」

横に立つオーナーだという男は、狐《きつね》につままれたという顔だ。盗難を届けたが、自分でもほんとうに盗まれたのかどうか自信がないようにも見える。男のうしろには、ガレージがある。車はそこから盗まれたのか？

「車庫に入れていたんですか？」と佐伯はオーナーに訊いた。

「いや」と男は首を振った。「外に。ここに停めていた。いつも、セダンのほうはここなんだ」

「ほかにも車をお持ちなんですか？」

「ああ。敷地が狭いんでね。車庫はこのとおり一台分。スポーツカーのほうを入れている。いたずらされないように」

新宮が訊いた。

「そっちの車種は？」

男はドイツ製の高級スポーツカーの名を答えた。狙うならそれだろうという車だった。

佐伯は訊いた。

「たしかに車庫の中にあります？」

「見た」

警官も言った。

「まちがいなく、あります」

「盗まれたほう、キーはどうでした？」

「これだ」男は革のキーホルダーにつけたキーを持ち上げた。ワイヤレス・キーだった。

「スペアはうちの中にある」

「盗難防止装置は？」

「つけていない」

「ドアロックは確実でした？」

「それが、家についたときは、ときどきうっかりロックしないことがあるんだ。開いていたかもしれない」

佐伯は足元の三和土に目をやった。ガラスの破片などは見つからない。キーも盗まれたようではなかった。となると、手口はワイヤレス・キーの不正解錠だろうか。難度の高い手口だ。複雑なプログラムを組み込んだ機器も必要になる。つまりプロの仕業。しかし、車種とのバランスが取れない。住宅街の、住宅の敷地内での犯行というのも、プロがやることとしては状況が無頓着《むとんちゃく》すぎると思える。クルマを盗むなら、ショッピング・センターの大駐車場とか、夜のコイン・パーキングとか、よりリスクの少ない犯行場所はほかにもあるのだ。

そのとき、西側に隣接する家の門を抜けて、五十がらみのスーツ姿の男が現れた。黒いビジネス・バッグを左手に、右手には小さなスコップを持っている。

スーツの男は、パジャマの男とは知り合いだったようだ。黙礼した。パジャマの男も、おはようございますと返した。

「どうしたの?」と、スーツの男。

その男のスーツの襟に、妙に目立つバッジがついていることに佐伯は気づいた。白い地の真ん中に、茶色に見える円形の模様。線も少し。

パジャマの男が言った。

「車盗まれたんですよ」

「ここからですか?」

「ああ」

スーツの男が、スコップを持ち上げた。柄の長さは六〇センチくらいか。キャンプ用とも除雪用とも見える。

「うちの玄関先にあった。おたくのじゃないか」

「そうだ」と、パジャマの男がまばたきして言った。なぜスーツの男がそれを持っているのか、理由がわからないという顔だ。「このあいだ、山菜採りに行ったときに使ったんで、うしろの席の足元におきっぱなしにしていたやつだ」

佐伯はスーツ姿の男に身体《からだ》を向け、警察手帳を示して言った。

「失礼、大通警察署の者ですが、そのスコップはどこに？」

スーツ姿の男は言った。

「玄関先だ。ドアに立てかけてあったみたいだ」

男の表情に、あっという驚きが走った。佐伯はそれを見逃さなかった。

「何か思いついたことでも？」

「あ、いや」男は狼狽《ろうばい》した。「なんでもない」

新宮が、自分のジャケットのポケットから、ゴムの手袋を取りだしている。

「お借りしていいですか」と新宮。

パジャマの盗難被害者が訊いた。

「どうするんだ？」

「窃盗犯の指紋がついているかもしれないので」

スーツ姿の男は、新宮にスコップを差し出した。新宮は手袋をはめた手で受け取り、捜査車両のほうへ戻って行った。

佐伯はスーツ姿の男に言った。

「恐縮ですが、お名刺いただけませんか？」

「何かあるのか？」そう訊きながらも、男はスーツの内ポケットから名刺入れを取りだしてきた。

受け取った名刺にはこうあった。

衆議院議員　楠木善男《くすのきよしお》　公設秘書
高野淳平《たかのじゅんぺい》

そのあとに続いて札幌事務所の所在地と電話番号。楠木自身の選挙区は北海道北部だ。道庁所在地である札幌にも事務所が必要なのだろう。

佐伯は男の襟のバッジを見た。そうだ。これは公設の国会議員秘書のバッジだ。

佐伯は高野に訊いた。

「高野さんのお宅では、何か被害など出ていませんか？」

「いや、何も」

「昨晩不審な物音とか」

「知らない。わたしは忙しいんだ。もう行くが、かまわんね？」

「またお話を聞かせていただくかもしれません」

「何の？」

「こちらの車の盗難事件ですが」

「わたしには関係ない」

「お隣りですから、捜査にご協力いただけるとありがたいんですが」

「常識の範囲でやってくれ」

「もちろんです」

高野は、不機嫌そうに口を結び、その場から歩き去った。事務所に出勤ということなのだろう。背中を見つめていると、高野は携帯電話を取りだして、歩きながら通話を始めた。身体をひねり首をめぐらしたので、佐伯と目が合った。高野はすぐに視線をはずして、そのまま歩道の先へと立ち去っていった。

佐伯は振り返り、高野の自宅に目をやった。西十五丁目の電停通りの方向へだ。

積雪期、屋根に積もった雪が敷地外に落ちぬよう、屋根の中央にダクトを設けたタイプの住宅。下からだと、完全な陸屋根《ろくやね》と見える。サイディング・ボード貼《ば》りの二階建てだ。このエリアの一戸建て住宅だ。もし高野の所有物件だとしたら、建築後十年ぐらいの建物と見えた。札幌市の公設秘書の給料というのは地方公務員の平均よりはずっと多いのかもしれない。

いったん警ら車の近くに戻っていた年輩の警官が、助手席のドアのそばから言った。

「車、見つかりました。この近所に乗り捨てです」

車載の方面本部系無線で連絡があったようだ。

佐伯も被害者も制服警官に目を向けた。制服警官は続けた。

「南十五条西十四丁目、スーパーの駐車場です」

すぐ近くだ。窃盗犯は、盗んだあと一キロ少々しかその車に乗らずに捨てたことになる。わざわざワイヤレス・キーの解錠という高等技術まで使いながらだ。

佐伯は被害者に言った。

「一緒にきていただけます？　確認してください」

被害者の老人が訊いた。

「いたずらってことか？」

「まだわかりませんが」

新宮が、捜査車両の後部席のドアを開けた。


小島百合《こじまゆり》巡査部長が、大通署生活安全課のフロアに戻ってきたのは、午前九時十五分だった。

同じ課のもっとも若い女性警官が、意外そうな目を向けてきた。

小島百合は、相手の表情の意味がわかった。いまの服装だ。勤務中であるが、北海道警察本部女性警察官の制服ではない。私服なのだ。かといって、とくべつ突飛なファッションでもないはずだ。いつもの通勤着。ややカジュアル系の黒っぽいパンツとジャケット。ジャケットの下には白いシャツ。シンプルな茶色のショルダーバッグ。地味めのオフィス・ワーキング・ウーマンに見えるはずである。

制服ではないから、とうぜん無帽で、髪は後頭部でまとめている。靴は、ときには走ることもあるので踵《かかと》の低いシューズ。コートは着ていない。この数日の陽気で、ようやくダスターコートの必要もなくなった。

この日は、ほかの班の密行監視の応援に出ていたのだった。半年前に痴漢被害を訴えた女子高生が、四日前にもまた痴漢に遭ったと、地下鉄大通駅の駅長事務室にサラリーマンを突き出したのだ。正確に言えば、電車内で身体を触られたとサラリーマンの腕をつかみ、ホームに下りた。ホームでサラリーマンと女子高生の言い合いが始まった。女子高生はふたり連れで、もうひとりが痴漢被害を訴える友人の加勢をした。ホーム上にいた警備員が男の腕を取って、駅長事務室にまで引っ張った。女子高生たちにも同行を求めた。痴漢に遭ったという私立の女子高生は、大柄で、いくらか大人っぽい雰囲気があったという。ひとりの地下鉄駅職員は、半年前にもその女子高生たちが痴漢を捕まえ、警官が駆けつけて男を逮捕した一件を覚えていた。このとき男は痴漢行為を認めたので送検され、有罪判決を受けている。

四日前も大通署の警官が事務室に駆けつけ、サラリーマンと女子高生のそれぞれから事情を聞いた。サラリーマンは痴漢行為を否認し、女子高生も自分が本当の痴漢の腕を取ったのかどうか自信がなくなったと言い分を後退させた。別の男の手をつかんでしまったかもしれないと。学校に遅れる、とその女子高生は言い出し、その場で痴漢の訴え自体を取り下げた。警官はサラリーマンを解放した。

そのとき、ふたりの女子高生が事務室を出てから、サラリーマンが言った。あの女子高生たちは、以前にも気の弱そうな中年サラリーマンを痴漢呼ばわりし、ホームで男からカネをせしめていた、自分はその様子を目撃したことがあると。

札幌市交通局も、この一年ほどのあいだに、通勤時のプラットホーム上で、はたから見た様子では女性による男性への強請《ゆすり》としか見えない場面をいくつも確認していた。警備員、駅職員たちが駆けつけると、女のほうは「なんでもない」とそそくさとその場から立ち去り、男のほうも事情を一切語らないのが常だった。痴漢行為が増えていて、当事者同士でカネによる解決がはかられているのか、あるいは痴漢行為そのものがないのに、強請がおこなわれているのか、交通局には判断ができなかった。

大通署の生活安全課は、半年前の事案のとき、女子高生の身許《みもと》についても調べていた。四日前の痴漢事件の被害者が同じ女子高生だとしたら、彼女は半年のあいだに二度、被害に遭っていることになる。四日前、疑いをかけられたサラリーマンの証言を信じるなら、さらに多くの頻度で。

彼女のからんだ、別の犯罪が起こっている可能性がある。生活安全課は、その女子高生の通学の様子を密行監視すると決めた。彼女が使っている地下鉄東西線南郷十八丁目駅から大通駅まで、彼女のそばで不審なことが起きないか確認するのだ。女性警官がふたり、男性警官がひとり、私服で同じ車両に乗り込むことになった。それが今朝のことだ。

意外なことに、彼女が乗った車両は他人に気づかれずに痴漢行為ができるほど混んではおらず、じっさいきょうは何もなかった。ただし、列車の混み具合がいつも今朝と同じ程度かどうかはわからない。車両が混んでいて、そこで何が起こったか周囲の乗客にもわからない状態であれば、事情は変わるかもしれないのだ。密行は来週も続けられることになった。

デスクに着くと、いま意外そうな表情をした後輩女性警官が、あらためて声をかけてきた。

「報告書、できました」

彼女は小島百合よりもひとまわり歳下だ。髪こそ染めていないけれども、私服のときはＩＴ関連の企業にでも勤めているような雰囲気がある。公務員とは絶対に見破られないほどにお洒落《しやれ》な子だった。ましてや女性警官とは思えないぐらいに。小島百合はときおり彼女から、若い女の子たちの風俗や言葉づかいについて教えてもらっている。秋山晴香《あきやまはるか》という巡査だ。

小島百合は秋山晴香に、きのう彼女が担当した、悪質な客引き行為についての犯罪事実現認報告書の作成を指示していたのだった。難しい中身ではなかったが、秋山晴香は報告書を書くことが苦手、というか、書類仕事全般が苦手というタイプだった。しかし、警察は官僚機構だ。書類仕事には慣れるしかない。数十とある書式の報告書をすべて一回は自分で書いてみて、デスクの上にためることなくその日のうちに提出できるようにならなければならない。小島百合は、秋山晴香が自分の係に配属されたときから、そのための指導に力を入れてきた。ようやくこのところ、大きな書き直しや書式の間違いは少なくなってきた。一回で完成された報告書を書けるようになってきたのだ。きょうの報告書にも、とくに問題は出ないだろう。もともと短大での成績も悪くない子なのだ。日本語を書く力も十分にある。

小島百合は秋山晴香からその報告書を受け取り、自分のデスクの上で開いて読み始めた。

秋山晴香は、小島百合の右隣りのデスクの椅子《いす》に腰を下ろした。そのデスクを使っている男性の警官は、いま外に出ている。デスクは空いていた。

秋山晴香は、デスクの上に角張った赤い革のケースを置いた。ケースの上に、細い白いケーブルがくるくると巻かれている。スマートフォンのようだ。先日来、彼女が欲しいと言っていたのは聞いていた。ようやく買い換えたのだろう。いや、買い足したのか。

現認報告書を精読した。問題ない。係長に提出できる。

小島百合は報告書から視線をスマートフォンに移すと、秋山晴香に訊いた。

「とうとう買ったの？」

秋山晴香は頬《ほお》をゆるめた。

「買ってしまいました。いま、はまってます」

「何が面白いの？」

「いろいろ。アプリがたくさんあって、自分なりにカスタマイズするのが楽しいんです」

「国産の？」

「いいえ」秋山晴香は得意げに言った。「元祖スマートフォン。リンゴのマークですよ」

携帯電話の扱いについては、全国の県警本部の中では北海道警察本部は進んでいるほうだろう。勤務中の私物の携帯電話は使用禁止としている県警もあるというが、道警本部では届けを出して公務に使うことができる。幹部については、支給もある。所轄の管轄範囲が広すぎて、署活系無線の使えないケースが多すぎるせいもあるかもしれない。だから、このところ若い女性警官たちのあいだでは、スマートフォンも流行《はや》りだしていた。小島百合自身は、さほど多機能ではない、ごくシンプルな携帯電話を使っている。

小島百合は秋山晴香に訊いた。

「いままでのは？」

「リタイアです。必要なくなったので」

「でも、スマートフォンって、メールならともかく、通話はしにくくない？　これを耳に当てて使っているの？」

「それもできますけど」秋山晴香は、スマートフォンのケースに手を伸ばした。「勤務中はやってませんけど、退勤後はイヤホンを使うんです。本体はバッグの中。音声電話がかかってきたら、イヤホンをつける。イヤホンのコードの途中にマイクが内蔵されているんです」

「株の取引所のひとたちを想像するけど」

「もっとお洒落じゃないですか。クルマ運転するときは、この方法いいですよ」

秋山晴香はスマートフォンを手前にひいて、イヤホンの使い方を見せてくれた。なるほどヘッドセット式のイヤホンマイクとちがって、大げさな印象はない。イヤホンを使わず、完全なハンズフリーで使う機能もあるとか。それであれば制服警官の署活系無線のように、通話するときいちいちマイクを口元に近づける必要もない。公務でも使えそうだった。先日来迷っていたことに結論が出たかもしれない。

秋山晴香が訊いた。

「小島さんもスマートフォン買うんですか」

「ちょっと検討中だった。買ってもいいかも」

「わたしはお勧めします。それにこれって、スカイプもできるんですよ。スカイプご存知ですか」

「馬鹿にしないで。ネットを使ったテレビ電話でしょ」

「そういう言い方もしますね」

「データの移行は簡単？」

「ええ。同じキャリア同士なら簡単です。でも」秋山晴香はイヤホンを耳からはずして言った。「わたし、これだけにしてしまったけど、余裕があるなら、スマートフォンとふつうのケータイと二台持ってもいいかも。ケータイは通話とメール専用。スマートフォンはネット端末みたいに。音声電話聞きながら、スマートフォンでネット検索とか。それができると便利ですよ」

それが必要な状況は、さほど頻繁にあるわけではないだろう。でもスマートフォンは、ちょっと使ってみたいガジェットであることはたしかだ。この職場の周囲の男たちとはちがって、自分はそっち方面が嫌いでも苦手でもないから。

「ひとつだけ難点、バッテリーの持ちがあまりよくないんです」

「一日は持つでしょう？」

「それは確実に」

小島百合は報告書を秋山晴香に手渡してから言った。

「ありがとう。決めたわ」

こういうことは、気持ちが盛り上がっているときに済ませたほうがよかった。ショップが大通署のすぐ近くにある。昼休みに買いに行こう。さいわいきょうはこのまま私服勤務だ。昼休みの買い物も可能だ。

秋山晴香は自分のデスクに戻っていった。そのとき、バッグの中に入れていた小島百合の携帯電話がメールの着信音を立てた。

村瀬《むらせ》香里《かおり》からのメールだった。ストーカー犯罪から守ってあげた若い女。そのころ彼女はススキノの風俗店勤務だったけれど、その後美容学校に入学して美容師の資格を取った。いまは札幌市内のホテルの美容室に勤めている。すっかり小島百合になついているので、プライベートにもつきあいがあった。

村瀬香里は、絵文字まじりで書いていた。

「きょうのミニ・コンサート、少し遅れていいですか。お姉さん、先に行っていてください」

村瀬香里が、そのコンサートのことを教えてくれた。札幌の藻岩山《もいわやま》中腹、伏見《ふしみ》という地区にあるワイン・バーでの、プライベート・コンサート。村瀬香里の客が招待してくれたのだという。ピアノを弾くのは、桐朋《とうほう》学園卒業で、札幌在住の来見田《くるみだ》牧子《まきこ》。来見田は完全なプロではないが、年に数回こうしたコンサートを開いているセミ・プロのピアニストだとか。

スノッブなことは好きではないし、クラシック音楽の愛好家でもないが、曲目はリストやショパンなどのわりあいポピュラーな小品ばかりとのことだ。

会場となるワイン・バーは、小島百合も話にも聞いている有名店だった。窓からの眺望がよく、インテリアがお洒落なのだとか。設計は札幌出身の高名な建築家だという。村瀬香里も、店には行ったことがないそうだ。その有名店に行くちょうどいい機会だと、客からの誘いを受けたのだろう。

自分も、たまにはそんな環境でのコンサートに行くのも悪くない。巡査部長昇進祝いという名目をつけてもいい。三月、昇進が発表になったときに仲間たちが簡単に祝ってくれたけれども、多忙続きであったし、自分の気持ちの中ではまだ祝いは済んでいなかった。

開場は午後六時。このときワインが出るという。演奏が始まるのは六時三十分。一時間弱のコンサート。一時間ピアノを聴いて、それから市街地に降り、村瀬とイタリアンの店で食事にしよう。だから彼女の誘いに乗ったのだった。

小島百合は返信した。

「六時少し前に行ってる。演奏が始まるまでに来てね。小島」

そういえば、村瀬香里の携帯電話もスマートフォンだったと小島百合は思い出した。きょうの午後には、自分もスマートフォンから村瀬香里にメールできるだろう。

津久井《つくい》卓《すぐる》巡査部長は、スウェットのまま部屋を出て食堂に向かった。とりあえずコーヒーを飲みたかった。インスタントでいい。食堂には自由に飲めるインスタント・コーヒーが常備してあるのだ。勝手に作って飲むことができる。勤務の都合で五時間しか眠っていないが、二度寝している時間もなかった。このまま頭をしゃっきりさせるしかなかった。

札幌市の市街地西端にある北海道警察本部の独身寮だった。食堂に入ると、同じシフトと思える独身警官たちが三人、喫煙許可のコーナーのテーブルを囲んでいる。津久井は三人にあいさつしてから、インスタント・コーヒーを作った。

独身寮には、新聞が毎日四紙配達されている。全国紙三紙と地元ブロック紙がひとつだ。津久井はコーヒーカップを手にすると、新聞が重ねられたテーブルについて一紙を手元に引き寄せた。

喫煙コーナーにいる警官たちの会話が耳に入ってきた。

「札幌駅で見当たりやってた大通署地域課のベテランがよ」と、大通署交通課の警官が愉快そうに言っている。「改札口を出てきた男を見て、手配犯だとピンと来たんだそうだ。六十ぐらいの、なんとも気の弱そうな男だけど、だけどまちがいなく自分は手配書で知っているってな。それで職務質問しようと一、二歩歩きかけて気がついた。ちがう、指名手配犯じゃないって」

その場では最年長の巡査部長が、笑いながら言った。

「もう落ちがわかったぞ。警察ものドラマの犯人役だって言うんだろ」

彼は本部の通信指令課勤務だ。

もうひとり、琴似《ことに》庁舎留置場勤務の警官が言った。

「そのバリエーションはずいぶん聞いてきたぞ。男優の名前を変えればいいだけの話だ。聞き飽きた」

交通課の警官が、憮然《ぶぜん》としたように言った。

「ぜんぜん違う話だ。あれだよ、富山だか石川だかの冤罪《えんざい》事件。判決が出て服役しているときに真犯人が見つかったって事件の」

「あれか、覚えている」と巡査部長。「富山県警だ。二年ぐらい前にニュースに出てたよな。警察は謝ってくれ、って叫んでた」

琴似留置場勤務の警官が言った。

「国家賠償請求してた。端金《はしたがね》で決着ついたんじゃなかったっけ」

「それでも千万という単位だった。有罪判決受けた男は、カネの問題じゃないって言って、県警本部に謝罪要求したんじゃなかったか」

「とにかくだ」と最初の警官が締めた。「その見当たりやってた警官は、あの男だったって気がついたんだってよ」

留置場勤務の警官が訊いた。

「それって、昨日のことか？」

「いや、一昨日だって聞いた。札幌駅で」

「富山の男が、なんで札幌に来てるんだ？」

「まとまってカネが入ったんなら、温泉旅行ぐらいしたっていいさ」

巡査部長が言った。

「あんなの、手口犯罪だ。拘置所にいるあいだに、真犯人がまたやってたんだろ。富山県警、その時点で間違いには気づいていたはずだ。現場からそういう声も上がったろう。なんでしらっぱくれたのかね」

「捜査指揮した幹部に」と、留置場の警官。「マイナス点つけちゃまずいって判断か。それとも富山って、現場が上に具申もできないような雰囲気の県警なのかな」

「小さな県警の弊害だ。うちぐらい大きいと人事は適当にシャッフルされる。佐伯みたいな……」

その場の雰囲気が一瞬凍りついた。津久井も緊張した。いま彼が言おうとしたのは、たぶん道警本部の幹部たちを震え上がらせた裏金問題のことだ。津久井はあのとき北海道議会の百条委員会で証言した当事者であり、いま名前の出かかった佐伯宏一警部補は、道警本部に逆らって自分を支援してくれた警官だった。

次にどんな言葉が続くか、津久井は彼らに顔を向けることなく待った。三人の警官たちが、津久井の横顔を凝視しているのがわかった。

やがて巡査部長が言い直した。

「うちぐらいの規模だと、佐伯や、ここにいる津久井みたいに気骨ある職員も警官も出てくる。小さなところだと、萎縮《いしゆく》してしまうのかもしれない」

そういうまとめかたか。ならば自分が目を吊《つ》り上げることもない。

巡査部長が声をかけてきた。

「そうだろ、津久井」

津久井は微笑を彼に向けた。

「そのとおりですね」

琴似の機動捜査隊本部に出る前に、本物のコーヒーを口に入れたい気分になった。

佐伯宏一は、自分の胸の携帯電話が振動したので、まず口の中の飯を呑《の》み込んだ。

胸ポケットから取り出してみると、知らない番号だ。080から始まる十一桁《けた》。携帯電話の番号だが、登録していない。

誰だろうといぶかりながら、佐伯は携帯電話を耳に当てた。

「はい?」

「わたしです」と聞き慣れた声。同じ大通署に配属されている女性警官、小島百合だ。

「いまいい?」

「晩飯中だ」大通署二階の職員食堂だ。午後五時を過ぎているので、室内にはさほど多くの職員がいるわけではない。佐伯の向かい側には新宮昌樹がいて、大盛りのカレーライスをかき込んでいるところだ。彼はちらりと、上目づかいに佐伯に注意を向けてきた。

「それって、通話駄目ってこと?」と小島百合が訊いた。

「いいよ。ケータイ、変えたのか? 知らない番号なんで、ちょっと身構えた」

「新しいケータイ買ったんで、まず佐伯さんにテスト通話」

「なんで番号、移行しなかったんだ? 関係者、しばらく戸惑うだろう」

「いままでのケータイはそのまま持ってる。スマートフォン買ったのよ」

「でかくて、指でぬぐって使うやつだな」

「まあ、そんなようなもの」

「何の用だ?」

「だから、テスト通話。ハンズフリー機能っていうので話してるの。声、遠くない?」

「きれいに聞こえてる」

「よかった。はい、確認オーケー」

通話を切ろうとする雰囲気だ。

「それだけか？」

「何か御用でも？」

「そっちからかけてきたんだ。愛想ないだろ」

「何を話せばいい？」

佐伯は新宮を横目で見てから言った。

「明日あたり、晩飯食わないか、とか」

「明日は駄目なんです。ごめんなさい」

「おれは誘ってない。小島からそう誘ってもいいんじゃないかって話だ」

「ごめんなさい。明日は先約があるの。誘いたくても誘えない」

少し皮肉っぽい調子があった。佐伯が、自分は誘っていないと言ったことに、腹を立てたのかもしれない。

あわてて佐伯は言った。

「きょうは？」

「もう食べているくせに」

「酒だけでも。ブラックバードとか」

「代わり映えしないのね。わたし、九時過ぎまで身体が空かない」

「それからでもいいさ」

「約束はできないけど、用が終わったところでまた電話してみる。ブラックバード以外にどこか思いつきません？」

「あの店、嫌いなのか？」

「職場の延長みたいになるから」

「どこか考えとく。電話待ってる」

「じゃあ、あとで」

通話はそこで終わった。佐伯は少しのあいだ自分の携帯電話を見つめたままでいた。もう四年以上は使い続けている、ヘビーデューティな仕様の製品。簡易防水で、全体はオリーブ色だ。陸上自衛隊仕様、と説明されたら納得できそうなタイプ。当然、厚みはあるし、重い。

小島百合もスマートフォンにしたか。しかし、と佐伯は思った。警官にスマートフォンが必要なのか？　警官の仕事は、そんなにお洒落にやれるものか？　いや、これって、おれの偏見だろうか。女性警官の仕事と、スマートフォンについての。

携帯電話をポケットに戻すと、テーブルの向かい側にいる新宮が、すっかり空になった皿にスプーンを置いて言った。

「カレー宴会のあとは、小島さんとはうまくいってるんですよね？」

　佐伯は大げさに目をむいて言った。

「職員食堂でする話題か？」

「クルマの中だとよかったですか？」

「時間とか、状況とか、いろいろあるだろ」

「気になってるんです。佐伯さん、自分から絶対に言わないし」

「やめろって」

　佐伯は食べかけの定食の皿に目を落とした。

　きょうは昼飯を食べそこねた。おれは空腹だ。おれの目下の人生の課題は、職員食堂のこの晩飯だけ。ほかには何もない。

　新宮が立ち上がった。

「じゃあ、ぼくはこれでお先に」

　佐伯はいま初めて、新宮が新しいシャツを着ていることに気づいた。明るめのジャケットに似合った、いくらかカジュアルなシャツ。

「きょうも合コンか？」と佐伯は訊いた。

「ええ」

「飯食ってしまったのに？」

「その場でガツガツしたところ見せたくないですから」

「食欲旺盛《おうせい》なほうが男らしいだろ」

新宮は笑った。

「きょうはその線はやめておくんです」

「またナースか？」

「ちがいます。地方公務員系」

「おれのことを心配しないで、そろそろ成功させろ」

「きょうはいい予感」

新宮は黙礼すると、トレイを両手に持って返却台のほうに歩いていった。

2

札幌市市街地の西に、藻岩山と呼ばれている山がある。標高は五百メートル少々。牛がねそべっているような、とよく形容される。市街地側の斜面にはロープウエイが設けられており、山頂の展望台は札幌と石狩平野を一望する最高のビューポイントだ。

もちろん藻岩山には、その展望台以外にも、よい眺めの場所はある。中腹にある旭山記念公園の展望台もポピュラーだ。かつてその次にきたのは、民間企業が造ったバラの庭園だったろう。やはり藻岩山の中腹、山裾《やますそ》から拓《ひら》かれていった住宅街のそのもっとも高い位置にあった。リーマン・ショックの直撃を受けて親企業が経営破綻《はたん》、バラ園自体は閉じられている。しかしかつてのバラ園の近くには、いまでもいくつか眺望を売り物にするバーや喫茶店がある。

ワイン・バーのラ・ローズ・ソバージュも、眺めのよいことで知られる店だった。店名は、すぐ近くにあったそのバラ園にちなんでつけられたものだ。しかしふつうはその名の末尾の一語を省略して、ラ・ローズと呼ばれている。よくある名になるが、藻岩山中腹のラ・ローズ、と言うならほかと混同されることはない。

ワインに合うスナックを提供するが、料理を楽しむ店ではない。あくまでもワインと札幌市街地の眺望を楽しむための店である。建物は急斜面に突き刺さった厚板のような形で、建物と駐車スペースはブリッジでつながれていた。逆に言うと、ブリッジを渡らなければ、店のエントランスにもたどりつくことができない。交通の便もよくない店だった。長い坂道を上らねばならないし、公共交通機関を使ってゆくのは事実上不可能だ。

小島百合は、タクシーでラ・ローズ・ソバージュの駐車スペースに到着した。午後の六時三分前だ。駐車スペースには、いま四台の乗用車が停まっている。三台は高級車だが、一台はライトバン・タイプの地味なクルマだった。中にふたつひと影が見えた。

砂利敷きの駐車スペースの端は、すとんと落ちる崖《がけ》になっている。急斜面上でなんとか生育した細い雑木が、法面《のりめん》全体を覆っていた。

その崖の手前に鉄製の柵《さく》が設置されており、柵の中央からブリッジが伸びていた。幅は九十センチ、手すりの高さは腰ほどで、通路面は滑り止め加工を施した金属パネルだ。歩くと、おそらくコンコンと音がするだろう。

ブリッジを渡った先の店にはグランド・ピアノが置いてあって、ときおり小さなプライベート・コンサートも開かれるという。店の女主人が音楽好きで、自分の人脈を使ってピアニストに演奏を頼んでいるのだ。きょう演奏する来見田牧子も、たぶん女主人の友人なのだろう。

ブリッジの門柱には、「ラ・ローズ・ソバージュ」と店名を彫った真鍮《しんちゅう》のプレート。そのプレートの下に、紙が貼ってある。

「来見田牧子ピアノの夕べ」

「本日は午後九時まで貸し切りです」

小島百合自身は来見田牧子についてほとんど何も知らない。桐朋学園在学中にドイツに留学していたことがあること。結婚して子供を産んだあとは、音楽の表舞台から遠ざかっている、ということをコンサートのチラシで知ったぐらいだ。

小島百合はその貼り紙を見て、ブリッジに足を踏み出した。一瞬だけ自分のきょうの服装を考えた。通勤着だが、カジュアル過ぎるだろうか。いや、きょうのドレスコードを知っているわけではないが、少なくとも門前払いされるほど場違いなものではないはずだ。

この店は、以前から行ってみたいと思っていたカフェ・バーのごく近所にある。バラ園の下の三叉路《さんさろ》を右手に曲がると、ラ・ローズ。左手に曲がると、そのカフェ・バーに着くのだ。こちらは札幌の緯度をそのまま店名にしている店だ。札幌ではいちばんファッショナブルで雰囲気のいいバーかもしれない、と評判の店だった。カウンターの真正面に、札幌市街地の夜景がきれいに見えるという。雨や雪の夜も素晴らしいらしい。もし恋愛初期段階のカップルが行くなら、その夜のうちに一気に進展まちがいなし、ともささやかれているとか。

だからというのが理由ではないが、小島百合は佐伯宏一に連れていってくれと何度かせがんできた。でも佐伯は、ずっと空約束のままで終わらせている。自分には似合わないと思っているのか、それとも何かほかに拒みたくなる理由があるのか。かといって、同性同士で行くのもおかしいバーのようだ。だから小島百合は、そのカフェ・バーには未《いま》だ行ったことがない。いや、ラ・ローズのほうも、来たことがないという点では同じだった。

ブリッジの左手方向五十メートルほどのところ、谷のような地形をはさんだ場所に、コンクリート打ち放しのそのカフェ・バーの建物が見えた。こちらもラ・ローズ同様に、ブリッジで急斜面上の建物とつながっている。

ラ・ローズのほうは、外壁にステイン塗装の外国材を貼った建物だ。アメリカの山岳リゾートなどにありそうな木造建築を模しているのだろう。しかしこの急斜面に建っている以上、鉄筋コンクリート構造であるのは確実だ。そうとうに堅固な基礎を持つ建物のはずである。

夏至までもうひと月という季節だ。日没まで一時間ほど、陽《ひ》はまだ高い。ブリッジから真正面に建物が見え、その大きなガラス窓ごしに、少し札幌市街地を眺めることができた。何人かお客の姿も見える。

およそ四間の長さのブリッジを渡り、エントランスのスチール・ドアを開けた。ひと坪ほどの広さの風除室があって、正面左手にガラスのドア。百合はそのガラスのドアを引いた。

「いらっしゃいませ」と、すぐ内側で女性が言った。黒いスーツ姿で、三十代後半ぐらいの年齢と見える。南国的な眉《まゆ》と黒目がちの目の美人だった。マネージャー？ 雰囲気から、ウエイトレスには見えなかった。

百合は相手に微笑を向けて言った。

「村瀬さんからご案内いただいた者です。小島といいます」

「あ、香里さんね」と相手は言った。「うかがっております。ご案内します」

店内は間口がせいぜい三間弱だが、奥行きのある造りだった。七間くらいはありそうだ。エントランスを入り、風除室を抜けてすぐ右側のドアは、洗面所のようだ。向かい合う格好でやはり洗面所のドア。その向こう、右手にカウンター。その正面、通常のバーならボトルの並ぶ棚の位置は大きなガラス窓だ。夕刻の札幌市街地が白っぽく見えた。窓ガラスとカウンターとのあいだに、ひとがひとり通れるだけの空間がある。

中央の通路をはさんで左側には、四人掛けのテーブルが並んでいる。テーブルは五脚あった。並んだテーブルのさらに左側の壁は、やはり大きなガラス窓。ブリッジや急斜面、そして駐車スペースが見えた。什器《じゅうき》や照明の雰囲気は、モダーンというのか、それともコンテンポラリーというのか、建築雑誌が好んで取り上げそうな内装と見えた。

店のもっとも奥に小ぶりのグランド・ピアノがある。

あのグランド・ピアノはどこから入れたのだろうと、百合は気になった。クレーンを使い、窓枠をすっかり取り払ってだろうか。それとも工事の途中にだろうか。

黒いスーツの女性が言った。

「香里さんと小島さまは、こちらカウンターでよろしゅうございますか？」

かまわない。札幌の市街地の眺望は素晴らしいし、身体《からだ》を九〇度ひねればピアノを見ることができるのだ。百合はカウンターの右寄りのスツールに腰を下ろした。そこはピアニストから見るなら、もっとも後ろの席ということになる。

「チケット代は、いまお支払いですね」と百合は訊《き》いた。

黒スーツの女性は言った。

「香里さんからもういただいております」

「え」驚いた。

そんな話は聞いていない。でもこのご招待って、もしかすると村瀬香里からの昇進祝いということなのだろうか。だとしても、職務上知り合った人物との、これは限度を越えたつきあいということになるような気もする。コーヒーを一杯ごちそうになるのとは、金額がひと桁《けた》ちがうはずだ。

しかしここで言い合うのは野暮だ。これは自分と村瀬香里との問題だ。百合は黙ってうなずいた。

黒スーツの女性も微笑した。

「お飲み物は、赤ワインでよろしゅうございますか」

「ええ、お願いします」

左手のテーブル席、少女と並んでいる年輩女性が、黒いスーツの女性に声をかけた。

「アサミさん、あたしにはお水をもう一杯いただけるかしら」

黒いスーツの女性が応《こた》えた。

「ただいま。サナエさま」

アサミと呼ばれた黒スーツの女性は、通路を奥へと歩いていった。ピアノの右手の壁に、ドア一枚分の隙間《すきま》がある。アサミはその隙間の奥に消えた。向こう側が厨房《ちゅうぼう》なのだろう。

百合に近い席に、女の子と、いまサナエさまと呼ばれた年輩の女性が並んでいる。ピアノを眺める格好だ。女の子は七、八歳だろうか。膝《ひざ》までの丈の白いワンピースを着ていた。ピアノの発表会用のドレスとも見える服だ。サナエは、やはりあらたまった明るいベージュのドレス姿だ。髪に紫のメッシュを入れていた。祖母とその孫という関係だろう。女の子は少し退屈そうで、椅子に浅く腰掛け、両足を伸ばして、百合に目を向けてくる。

年輩女性は百合と目が合うと黙礼し、それから女の子に言った。

「ユカちゃん、お行儀よくしていなさい」

ユカと呼ばれた子は、百合から視線を外すと、テーブルの上のソフトドリンクのグラスに両手を伸ばした。

その奥のテーブルに着いているのは、六十代と見えるカップルだった。向かい合っている。男はいかにもクラシック好きという風貌《ふうぼう》のダークスーツ姿、女性は銀髪で、ドレッシーなツーピース。首にストールを巻いている。男の前には、雑誌が置かれている。白い表紙の、何かの学会誌のようだ。ふたりの前にはそれぞれ赤ワインのグラス。

グランド・ピアノのそばの椅子には、黒いドレス姿の女性が腰掛けている。髪をアップにしているし、彼女が来見田牧子なのだろう。三十代後半という年齢だろうか。

百合は腕時計に目をやった。午後六時ちょうどになっていた。始まるまで、まだ少しある。それまでにたぶんワインが出てくるのだろう。好みで注文できるのだろうか。それともおまかせなのだろうか。

百合は正面の札幌市街地の眺めを少し見てから振り返り、反対側の窓の外に目を向けた。ブリッジと、その向こうの駐車スペースが見える。少し窓に寄って見てみると、ブリッジの下、急斜面の底にあたる部分には細い通路がついているとわかった。ひとがひとり通れる程度の幅だ。この建物の一階部分と、表の坂道とはつながっているのかもしれない。駐車スペースまでの取り付け道路の途中に、この通路の入り口があったのだろう。気がつかなかったが。

この店の下のフロア、一階部分は住居なのだろうか。住居だとして、この二階から一階にはどのように行くのだろう。

思いだした。ブリッジの突き当たり、右側に、スチール製の外階段があった。あの階段で、建物一階部分の地盤に降りられるのかもしれない。それにしても、建物の中にも階段は確実にあるはずだ。厨房の奥にあるのだろうか。

顔を厨房の方に向けたとき、トレイを持った若い女性が出てきた。

白いシャツに黒いベスト、黒いエプロンをつけている。二十歳前後か。茶色の髪を後頭部でまとめている。ウエイトレスだろう。

彼女がカウンターに置いたグラスはかなり大ぶりのものだった。

何かブランド名を言われたが、百合は聞き取れなかった。ブルゴーニュとピノノワールという言葉だけは耳に入った。聞き返すこともない。百合は、それこそ自分の飲みたかったワインだとでも言うように微笑した。

ついで彼女は、サナエの前にミネラル・ウォーターの小瓶を置いた。

「ありがとう」とサナエが言った。

「お茶をお持ちしましょうか？」

「いいえ。いいわ。こちらの白を少しずつ飲むから」

そのとき、アサミが厨房入り口から言った。

「アヤさん、そろそろカナッペを出しましょう。もうみなさん、着くころだから」

アヤと呼ばれた若い子が、はい、と応え、トレイを提げて戻っていった。

ひと口、ワインに唇をつけた。フルーティで、少し酸味がある。重くはない。カナッペを口に入れながら飲むには、手頃と思えた。

グラスを口から離して、反対側の窓に目を戻したときだ。駐車スペースに一台のセダンが滑り込んできた。黒い国産車、三ナンバーだろう。ふたり乗っていた。運転席と、後部席と。

セダンが停まり、その後部席から降りてきたのは、ダークスーツ姿の男だ。年齢は三十代後半だろうか。茶のブリーフケースを提げて、ブリッジを渡ってくる。

「パパだ」と、ユカが言った。

祖母らしき女性も窓の外に顔を向けた。

「いらしたね」

敬語だ。ということは、この女性は夫人の母だ。パパと呼ばれた男性にとっては義理の母ということになるのか。

アサミが通路を歩いてきた。男を迎えるためだろう。サナエの脇を通るときに言った。

「やはりキャリアさんとなると、お忙しいんですね」

サナエがうなずいた。

「きょうのこと、楽しみにしていましたよ。牧子のドレス姿を見るだけでもうれしいって」

やってきた男と、ピアノを弾く来見田牧子は夫婦なのか。亭主が高級官僚であるということもわかった。来見田牧子は、ピアニストとして生きるよりも、キャリアの夫人となり、子供を産んで育てる道を選んだのだ。ただ、完全にはピアノを捨てきれなかった。だからときおりこうして、プライベートなコンサートを持つのだろう。

さほど幅のないスペースで乗用車は二回切り返し、駐車スペースから出ていった。あらためて迎えにくるのか、それとももう必要ないと帰されたのか。

男がブリッジを渡り切った。一瞬、柱と壁の陰に隠れて、そのダークスーツの男は見えなくなった。

アサミが店の内側のドアを開けた。外に立っているのは、髪をきれいに七三に分けたメガネの男。ネクタイの結び目にまったくゆるみがない。偏ってもいない。自分の職場にはほとんどいないタイプの中年男。

「お待ちしていました」と、アサミが言った。「来見田さま」

「なんとか間に合った」と、来見田と呼ばれた男は言った。

ユカが来見田に飛びついた。来見田はユカの背を軽く叩《たた》いてから、アサミの肩ごしに奥の牧子に口だけであいさつした。百合は振り返らなかったが、牧子もあいさつを返したのだろう。

来見田は、さらにお辞儀しながら言った。

「タケナカさん、おひさしぶりです」

初老のカップルへのあいさつなのだろう。

来見田はちらりと百合にも目を向けてくる。百合は小さく黙礼した。

来見田は、百合が自分の知人ではないと判断したようだ。あいさつの言葉は出さずにユカと並んで腰を下ろした。

そのときだ。来見田の向こう側、窓の外の駐車スペースで一台のクルマが動いた。ふたつのひと影があったライトバンだ。そのライトバンはブリッジの真ん前に横付けして停まった。ブリッジの出入りを塞《ふさ》ぐような格好だ。

ん？

百合はその停め方に不審を感じた。なぜブリッジを塞いだりする？　無意識だとしたら、迷惑すぎる。それとも何か理由が？　彼らふたりは何をしようとしている？

男がふたり、ライトバンから降りてきた。ふたりとも帽子をかぶっており、大きめのショルダーバッグを斜めに肩にかけている。ふたりはブリッジの手前であたりを見回した。ひとりは六十前後くらいの年齢かと見える。もうひとりは四十歳前後だろうか。年輩の男のほうは、暗い色のジャンパー姿。四十男のほうは、オリーブ色のアウトドア・ジャケットと見えるものを着ていた。

ふたりはブリッジを小走りに建物に向かってきた。アサミが通路を通って入り口のドアに向かった。

アサミがドアに着く一瞬前に、ドアが大きく開いた。最初四十男が、ついで年輩の男が店の中に飛び込んできた。ふたりの顔は緊張している。強張《こわば》っていた。

それは、それまでのその場の空気にはまったくそぐわない、荒々しい闖入者《ちんにゅうしゃ》だった。キャッとサナエが悲鳴を上げた。

百合も反射的に身構えていた。

「静かに」と、アウトドア・ジャケットの四十男が立ち止まって言った。「この場をお借りします。協力をお願いします」

妙にていねいな口調だ。しかしその目は吊《つ》り上がっている。自然体ではない。

アサミが言った。

「申し訳ありません。きょうは貸切りなんですが」

「知ってます」と四十男。

「コンサートのお客さまですか？」

「ちがう用事です」

「うちに？」

「そうです」

「わたしが伺います」

「みなさんにも、聞いていただきたい」

「では、コンサートが終わるまで、出ていただかないと」

「この場は借りました」

そう言った四十男の表情が、ほんの少し弛緩《しかん》してきた。丸顔で、垂れ目気味だ。鼻が短い。体格はごく平均的か。太っておらず、小柄でもない。

「ですから」とアサミが断固たる調子で言った。「きょうは貸切りなんです。出てってください」

「ほんの数時間です。一緒にここにいてください。何もしません」

「迷惑です。困ります」

「何もしていませんよ」

「営業妨害です」

「コンサートを続けてください。かまいません」

「出てゆかない気ですか」

「ええ。みなさんと一緒にいます」

「一緒にって？」

「一緒に、ここにいるってことです」

「意味がわかりません。出てってください」

「いま説明しますよ」

「すぐに出てゆかないなら、ひとを呼びますよ」

百合はスツールの上で身構えたままでいた。何なのだろう？　この男たちふたり。何か、尋常ではないことが起ころうとしている。四十男の言葉の内容とは裏腹に、いまのアサミとのやりとりには、かなり危険な空気がある。

四十男の横に立つ年輩の男は、顔立ち全体が小作りだった。目も鼻も口も小さく、神経質で内気そうに見える。身長は、四十男よりは五センチぐらい低く見えた。

アサミが、なお気丈な調子で言った。

「ご用件は外でうかがいますが」

アサミという女性は、男と厳しい言葉でやりあうことには慣れているようだ。もしかすると、男たちを監督する、あるいは命令を出すことが習慣であったのかもしれない。

そのときだ。男たちの視線が、店の奥に向いた。百合は振り返った。厨房の出入り口から、アヤが出てきたところだった。トレイを両手で持ち、まばたきして立ち止まっている。

年輩の男のほうが通路を駆けた。アサミがすっと横によけた。

「なんですか？」とアヤ。

年輩の男は奥まで駆けると、厨房の奥に入った。金属のガチャガチャという音が聞こえた。やはり内階段に通じているのだろう。そこを塞いだ？　その男はすぐ姿を現し、アヤのうしろで厨房出入り口を塞ぐように立った。

年輩の男はアヤに言った。

「そっちに行ってて」

声がうわずっている。彼のほうはいまだなお、かなり緊張していることがわかった。

アサミがアヤに短く指示した。

「こっちに来て、それをカウンターに置いて」

来見田が椅子から立ち上がって、四十男に訊いた。

「きみら、どういう用事なんだ？　何をするつもりなんだ？」

横柄な口調だった。この男もまた、他人を見下して指示したり、難詰することに慣れている。

ジャケットの男が、来見田に目を向けて言った。

「いま教えます、来見田さん。少し静かにして」

来見田の名を知っている。知り合いなのか？

来見田が訊いた。

「誰だ？　前にも会ってるのか？」

「セトグチと言います」と四十男は言った。「ご存知ないと思います」

「これからコンサートが始まるんだ」

「知っています。邪魔はしません。始めてもらってもかまわない」

「いや、きみらがそんなふうに突っ立ってたら、始めようもない。出て行きなさい」

セトグチと名乗った男が、鋭く怒鳴った。

「座ってろと言ってるでしょ！」

表情が一変し、また目が吊り上がっている。

その怒声は、テーブルを激しく叩いたと同じ程度の効果があった。この場にいる者全員がびくりと身を縮めた。来見田もだ。彼は自分の指示が無視されたことで、衝撃を受けているようにも見える。

百合は思った。自分はたぶんこの中ではもっとも反応が鈍かった者だろうが。

来見田が、さすがに怯《おび》えを見せてゆっくりと椅子に腰を下ろした。ユカがすぐにすがりつき、来見田の胸に顔をうずめた。

アサミが、セトグチの前から少しだけ腰を引いて言った。

「この場を借りるって、どういう意味です？　営業妨害です。出て行ってもらいますよ」

セトグチが言った。

「妨害するつもりはない。コンサートはやってかまいません。ただ、ちょっと協力してほしいってだけです」

「何をですか」

「ナカジマキミオさんのささやかな希望をかなえることに」

ナカジマキミオ？　誰だ？　同じことを、その場の誰もが思ったはずだ。誰？

しかし百合は、その名の音の感じに記憶があるような気もした。ナカジマキミオ。自分はどこかでその名を見たか聞いたかしている。仕事の中で、職場でだったろうか。

セトグチは、店の反対側、厨房の出入り口のところに立っている初老の男を指さした。

「ナカジマキミオさんです。知っているひとはいませんか」

百合たちは、初老の男に目を向けた。ナカジマキミオだとセトグチが紹介した男は居心地が悪そうに身体をひねり、顔をしかめた。

セトグチが続けた。

「ナカジマさん、自己紹介してやったほうがいいかもしれません。来見田さんも、知らないようだ」

ナカジマと呼びかけられた初老の男は、誰かに助けを求めたいというような様子で左右に目をやってから、天井を見つめて言った。

「ナカジ、ナカジマキミオと言います。ぼくは、強姦《ごうかん》殺人の冤罪《えんざい》で四年間服役していました。服役していたあいだに真犯人が見つかって、ぼくは釈放されました。無罪が決まりました」

やっと思い出した。富山県警で起こった冤罪事件。目撃証言と状況証拠だけで、被害者の身近にいた中年の男が逮捕され、有罪判決を受けた件だ。逮捕されたのは、中島喜美夫《なかじまきみお》という人物だ。四年後に、真犯人が強姦未遂事件を起こし、中島喜美夫の冤罪がはっきりした。再審となり、無罪判決。国家賠償請求訴訟でも勝って、原告の中島喜美夫には賠償金が支払われたはずである。

テレビ・ニュースの断片がいくつか思い出された。たしか中島喜美夫は、再審で無罪が確定したとき、県警本部長に謝ってほしいと悲痛な声で訴えたのではなかったか。国家賠償請求訴訟で勝ったときも、中島喜美夫はテレビ・カメラに向かって言った。カネが欲しいんじゃない。人間として誠実な謝罪が欲しいんだ、と。

あの中島喜美夫がいまここに。でも、なぜここに？　札幌のこの店と中島喜美夫はどう関係がある？

中島は、いったん途切れた言葉の続きを口にした。

「謝ってほしいんです。あのときの県警本部長に。責任者だったひとにです。あのときの県警本部長、山科邦彦《やましなくにひこ》さんに。ぼくが要求するのはそれだけです」

サナエが、驚いたように言った。

「うちのお父さんのことを言ってるの？」

奥で、来見田牧子も大声を出した。

「お父さんが、悪者だって言ってるわけ？」

百合は関係を理解した。来見田牧子の実の父親が、山科邦彦なのか。サナエは、山科邦彦夫人ということだ。

「そうです」と、中島が牧子の方に顔を向けた。「娘さんのほうから、お父さんに言ってください。謝ってほしいと。ぼくがお願いしていると」

「わたしに何の関係もないでしょ」

中島が、申し訳なさそうに言った。

「ぼくだって、その殺人事件に何の関係もなかったんです」

「知らないわよ。お父さんに直接言ってください」

「ほんとはそうしたいけど、手立てがないんです。お嬢さんから、ぜひ言ってください。だから、ここに来てるんです」

つまり、と百合は中島の言葉を整理した。中島は当時の県警本部長だった山科邦彦に謝罪を願っているが、通常の手段では不可能だ。警察官僚は、こと自分の経歴に汚点となるようなことでは絶対に謝罪しない。組織として犯した誤りを、責任者として認めることはない。それは許されない。どうでもよい案件にだけは、いくらでも頭を下げるし、それで批判がかわせると思えば土下座もするが。

だから中島喜美夫は、その娘のプライベート・コンサートが開かれるこの店にやってきた。娘を通じて謝罪要求を出すために、ということなのだろう。

ようやく事情がわかった。

しかし、と百合は思った。

いま、協力してほしい、とセトグチという男が言っていたが、山科の娘である牧子がもし協力できないと返事をしたなら、どうなる？　彼女はそのための人質になるのか？　中島が、山科に直接謝罪を要求するための、その人質に。

その場合、山科邦彦の関係者以外の客は、店から出してもらえるのか？　店の両端の出入り口は、男たちが塞いでいる。出してくださいと、横を通って出られるのだろうか。

男たちの顔をもう一度観察して思った。無理だ。強引に出ようとすると、確実に男たちは押しとどめようとする。身体の接触がある。接触は、十中八九、危険な事態を招来する。

百合はそっと店全体を見渡した。

いま、人質立てこもり事件は、実質的にもう起こってしまったのかもしれない。

犯人は複数。ふたりの男だ。犯人たちはそれぞれ中島、セトグチと名乗っており、顔もさらしている。自分たちの犯行を隠すつもりはない。要求は中島が出した。主犯は中島ということになる。セトグチという四十男は、中島を支援している従犯ということになるのか？

いまのところ、中島たちは脅迫のための道具を見せてはいない。刃物も銃器も金属バットさえも。つまり、暴力によって要求を通す意志は希薄に見えるが、牧子は中島の要求を呑《の》むだろうか。拒んでこの店を出てゆくという選択肢はあるのか？

自分はいまどうすべきか？　百合は自問した。先手を取って、この闖入者を組み伏せるか？　ひとりだけならできる。ただし、手錠を持ってきていない。制圧したままにしておくことはできない。その状態では、もうひとりを相手にすることは難しい。

ふたりが斜め掛けしているショルダーバッグも気になった。入ってくるとき、その中でガチャガチャという音がした。重い金属同士がぶつかって立てるような音だった。たとえば工具とか。

もう少しだけ様子を見よう。

牧子が中島に言った。

「あなたが直接言ってやって。わたしは何の関係もない」

中島が、困惑したように言った。

「お願いしますよ。わたしは、山科さんがいまどこにいるのかもしらない。電話番号もわからないんです」

「電話番号教えるから」

「ぼくは、直接謝ってほしいんです。捜査の指揮がまちがいだった。富山県警の元本部長だった自分が、捜査の責任者として謝ると、ぼくの目の前で。ここで」

「ここで？」と牧子。「東京にいるのよ。どうやったら謝れるの？」

「飛行機でくればいいと思います」

「父は忙しいのよ。そんなことのために、東京から来れると思ってる？」

「そんなことって言いますけど、ぼくは四年間も刑務所に入ってたんですよ。警察の捜査のミスのせいで」

「ちょっと待ってくれ」

来見田が立ち上がった。店の中にいる者全員が来見田に注意を向けた。

来見田は、中島とセトグチを交互に見ながら言った。

「用件はわかった。でもそれは、中島さんと山科さんのふたりのことだろう。中島さんは、電話番号を聞いて、ここを出て自分で山科さんに電話したらいい。ぼくらはコンサートを聴く。もしぼくらが邪魔だというなら、ぼくらがここを出る」

中島が、来見田に顔を向けて、訴えるように言った。

「支援者や弁護士さんが何度お願いしても、聞いてもらえなかったんですよ。電話しても、たぶん無理ですよ。わかってるんです」

「そんなことはない。きちんと論理立てて話せば、山科さんもわかってくれるはずだ」

「捜査がまちがいだったと、はっきり謝ってくれますか」

「それは」来見田が言い淀《よど》んだ。「役所の仕事というのは、そういうものじゃないんだ」

「ほら、やっぱりそうでしょう」

「とにかく、ぼくらは出て行っていいね」

セトグチが、きっぱりと言った。

「だめです」

ほんの一片の譲歩の余地もないと言ったように聞こえた。ちょうど警察官が逮捕状の執行を告げるときに似た調子だ。

　来見田は黙り込んだ。

　セトグチが、少し声を低くして言った。

「来見田さん、協力をお願いしますよ。奥さんがお父さんに電話して、了解をもらえばすむことですから。それとも、奥さんをここに残して出てゆきますか」

　来見田は無言のままだ。

　そのとき、いましがた来見田からタケナカと呼ばれていた男が立ち上がった。

　セトグチが、男に怪訝《けげん》そうな顔を向けた。

　タケナカが、学生でも叱責《しっせき》するような調子で言った。

「いい加減にして、帰りなさい。ここはそういうことをする場所じゃない」

　セトグチが口もとだけで微笑して言った。

「まだ事情をわかってもらっていないのかな」

「どういう意味だ？」

　タケナカの向かい側で、夫人らしき女性がタケナカのスーツの裾を引っ張った。

「よして。黙っていて」

　その声は切迫している。彼女はおそらく、事態を理解している。

　それでもタケナカはセトグチを指さして言った。

「出ていきなさい」

「あなた」と、夫人。

タケナカは、アサミのほうに顔を向けて言った。

「警察を呼びなさい」

とうとうその言葉が出た。もしかすると、この男たちを逆上させかねない危険な言葉。事態を一気に事件にしかねない、地雷のようなひとこと。百合は身を固くした。アサミも、アヤも、サナエも、凍りついている。彼女たちはそのひとことをこらえていたのだ。

セトグチが、しかたがないという顔になってタケナカに言った。

「あなたが警察に電話したらどうです？　携帯電話お持ちでしょう？」

これ以上は危険だ。

百合はスツールから下りてセトグチに言った。

「全員がここにいる必要はありませんね。わたしと女の子は、出てかまいませんか？」

敬語を使った。

客たちの視線が百合に集中した。このひとは誰だっけ、という顔もある。じっさい、自分はここにいる者すべてと面識がない。きょう初めて見た顔ばかりなのだ。

セトグチが、意外そうな目を百合に向けてきた。

「あんたは？」

「ピアノを聴きに来ただけです」

「名前は？」

「小島」

「このひとたちと知り合い？」

「いいえ」

ほかの客たちも、アサミも、百合のそのやりとりに意識を集中している。

「あなたもいてください」と、セトグチは手のひらを上下させて言った。「すぐ終わることだから」

「出て行く自由はないんですか？」

「ありますよ。少しだけ協力はしてもらうけど」

「出ようとしたら、どうなるんです？」

「ここで押し問答はしたくないな。やりたいですか？」

「出してはもらえないのね？」

「走ってる電車から飛び降りようとしたら、まわりのひとは止めるでしょう？」

タケナカが通路に出てきた。アサミが振り返り、あわてて駆け寄った。

「タケナカさん、落ち着いて。わたしが話しますから」

タケナカは、アサミの脇を通り抜けようとした。アサミがその身体を制した。

「ここはわたしに」と必死な調子でアサミ。

タケナカは足を止めてセトグチに言った。

「これって、わたしらを監禁したってことなのか？」

セトグチは、なぜ自分の言葉が理解されないのかわからないという顔で言った。

「電車に一緒に乗り合わせただけですって」

途方に暮れているという様子だ。少し溜《た》め息もついた。百合にはそれが少々芝居がかって見えた。

店の奥で、中島が言った。

「早く電話してもらって、片づけよう」

セトグチが中島に顔を向けた。

「はい、そうですね。そうします」

アサミがタケナカを押して、もとの席に腰掛けさせた。タケナカはそうとうに不服そうだったが、アサミの手を払ったりはしなかった。

中島が牧子のほうに顔を向けた。

「お父さんに電話してください」

牧子が驚いたように言った。

「わたしに？　ほんとうにわたしに電話させるの？」

「お願いしますよ。直接ここにきて、ぼくに謝って欲しいって」

「中島さんって言った？」

「中島喜美夫です。六年前、富山で殺人事件の濡《ぬ》れ衣《ぎぬ》を着せられた男です。そう言ってくれればわかります」

牧子は、そばのテーブルの上に置いてあったハンドバッグを手に取ると、白い携帯電話を取りだした。

彼女もスマートフォンだ、と百合は思った。

牧子は、ほんとうに電話してよいのかどうか、疑っているような目で中島とセトグチを見てから、画面を操作した。

店にいる全員が注視する中、牧子はスマートフォンを耳に当てた。

何も声が出ない。コールが続いているのか。

やがて牧子はスマートフォンを耳から離して言った。

「出ないわ。忙しいひとだから。移動中か、打ち合わせ中か」

牧子はまたスマートフォンの画面を操作した。べつの番号を呼び出したのかもしれない。

牧子はその場から一歩退き、ピアノの向こう側に立つようにして言った。

「はい。男たちがやってきて、監禁されています」

百合は目をみひらいて牧子を見つめた。一一〇番にかけたのか？　あわててセトグチに目を向けた。セトグチは微笑している。牧子が警察に電話するのは織り込みずみという表情だ。

中島も、とくに動揺も狼狽《ろうばい》もしていない。ただ、牧子を注視しているだけだ。

牧子は続けた。

「ラ・ローズというワイン・バーです。北海道警ですよね。このGPSで場所がわかりません？　ええ、藻岩山の中腹、伏見の、前のバラ園のそばです。ええ、男がふたりやってきて、店にいるひとたちを監禁しました」

中島もセトグチも、牧子を制止しようとはしなかった。客やアサミたちは身を固くしている。

「ええ、ここにいるんです。わたしは来見田牧子、警察庁の刑事局長、山科邦彦の娘です。娘、母、夫のほか、店のひとやお客さんたち十人ぐらいが監禁されて、脅されています」

来見田が、娘をいっそう強く抱きしめたようだ。通路上に立っているアサミの顔は蒼白《そうはく》だった。

牧子はまだ続けている。

「犯人はふたりです。ひとりはナカジマキミオという男。冤罪事件の被害者とか言ってます。それにもうひとり。セトグチとか」

「いえ、とくに何も持っていません」

「いまのところ、何もされてませんが」

「いえ、誰も怪我《けが》は」

通信指令室の担当者が、細かな部分を質問しているようだ。

「要求？」牧子の声が甲高くなった。「知りません！　なんだか訳のわからないことを。早く助けて！」

牧子はスマートフォンを耳から離した。目がうるんでいる。高ぶって涙が出たようだ。

中島が、おだやかな声で言った。

「お父さんに、あとでまたかけてください。電話に出るまで」

牧子は、目のふちをぬぐって言った。

「あとで？　あとなんか、あるわけないでしょ。警察に電話したのよ」

彼女のスマートフォンが着信音を鳴らした。牧子はすぐにまた耳に当てた。

「そうです。はい。来見田牧子です。いえ、いたずらじゃありません」

通信指令室が、通報者に確認の電話を入れている。一一〇番通報の場合は、通報者が通話を切っても接続状態は維持される。固定電話からでも、携帯電話でも、通信指令室からコールバックで通話内容を確認できる。

牧子は、いらだたしげに言っている。

「いま、いま監禁されているんです。脅されているんです。はい。早く」

セトグチがひとりごとのように言った。

「面倒くさいことになるな。必要ないのに」

牧子がスマートフォンをまた耳から離した。

「警察が来るわ。あんたたち、捕まりたくなかったら、いますぐ逃げたほうがいい」

中島が、裏切られたという調子で言った。

「お父さんに頼んでくれると言ったじゃないですか」

「知らないわよ！」

セトグチが、弱り切っているという調子で言った。

「監禁ってことにされちゃったのか。そんなつもりなかったのに」

来見田が訊いた。

「出て行かないのか？」

「だって」とセトグチ。「お願いをまだ聞いてもらっていない。その前に警察が来てしまっても困るし」

「どうするんだ？」

「奥さんは、どうしたかったんだろう」

セトグチは通路に立つアサミに顔を向けた。

「窓のブラインド、両側とも全部閉じてしまってくれます？」

アサミが振り返った。自分への指示と理解したのだろう。いましがたよりもずっと強張った顔になっている。

セトグチがアサミにうなずいた。

アサミは、窓にブラインドを下ろしていった。札幌市街地を望む側の窓も、駐車スペースを望む側も。いったん暗くなった店内に、照明がついた。天井に埋め込まれたライトは、店の中全体を明るく照らしだすものではなかった。落ち着いてワインを飲むための照明、札幌の夜景を眺めるときにちょうどよい程度の明るさだ。店の中はかなり暗くなった。

牧子も黙った。店の中には、誰の声もしなくなった。


津久井卓巡査部長は、機動捜査隊の覆面パトロールカーで、指令台からの指示を受けた。

「藻岩山バラ園隣接、ワイン・バー、ラ・ローズで、男二人組により客、従業員等十人程度が監禁されているとの通報あり。通報者はクルミダマキコ。現場で通報者に会って事象を把握せよ」

車両はいま札幌市中央区、ススキノの繁華街の南はずれ、南七条近くにあった。駅前通りである。

助手席で津久井は、指示を確認し、現場に向かう旨を告げた。

ただし指示は、現場に急行せよ、というものではなかった。緊急走行の必要はない。サイレンも鳴らさず、パトライトも上げない。

運転席で、きょうバディを組んでいる滝本浩樹《たきもとひろき》巡査が言った。

「九条通りを右折します」

「ああ」津久井はマイクを戻してうなずいた。「ふしぎな指示だったな」

滝本も同じことを考えたようだ。

「監禁事件発生、じゃないからですか」

彼は津久井よりも五歳歳下、去年から機動捜査隊に配属されている男だ。柔道二段だという。

「監禁されているって通報なのに、事件発生って指示じゃないのは、どういうことだろう」

「いたずらでしょうか」

「わからんが、もし監禁されているなら、そもそもどうやって通報できたんだ、ってことか」

「ケータイで、こっそりとか」

「それができるなら、監禁じゃないってことだ」

「指令室も、そういう判断なんでしょうか」

パトカーは南九条通りを右折した。ここからかつての藻岩山バラ園あとまでは、まずは西進。次いで南に折れ、山麓《さんろく》から曲線で山腹を上がってゆく。十分以内で到着できるだろう。

滝本が言った。

「ラ・ローズって、ご存知ですか？」

「いや、行ったことはない。場所はわかる」

そのごく近所のカフェ・バーには、以前つきあっていた女性警官と行ったことがあった。たしかに眺めはいいし、カクテルの値段を気にしなければ、わざわざ札幌市街地から足を運ぶ価値はあった。しかし若手警官の身では、臆《おく》してしまうくらいにスノッブな店とも言えた。そのガールフレンドに連れてゆかれたとき、思わず津久井は訊いてしまったものだ。前はいったい誰と来たんだ？と。

たまたまのタイミングか、九条通りの行く手にはクルマが少なかった。滝本が覆面パトカーを加速した。

アサミがブラインドをすべて下ろしたあと、室内がほんの少し沈黙した。誰もまったく動かず、表情も変えない。無言劇の一場面のようだった。みな、闖入者たちの次の指示を待っているように見えた。

そのとき、小島百合の携帯電話が着信音を上げ始めた。仕事中でも違和感がないように、着信音は固定電話のコール音に設定してある。

ぎくりと百合は身を固くした。セトグチが百合を見つめてくる。着信音は、百合のショルダーバッグの中で鳴っているのだ。

百合はセトグチを見つめた。わたしは電話に出るべき？　無視するべき？　出てもいい？　何もしない？

セトグチは、電話に出ることを止めようとしない。ただ、百合とバッグとを交互に見つめている。どうするかはあんたにまかせるとでも言っているようだ。

百合はバッグに手を伸ばしながら、セトグチに訊いた。

「出ていいですか?」

「かまいませんよ」とセトグチが軽い調子で答えた。「駄目だなんて言ってないですよ」

百合はバッグから携帯電話を取り出した。いわゆるガラケーのほうだ。ディスプレイに発信者の名が表示されている。

村瀬香里
きょうここに誘ってくれた彼女だ。かつてストーカー事件の被害者だった娘。いまこの店に向かっているころだが。

セトグチに目を向けて、そっと携帯電話を持ち上げた。

「はい?」

「お姉さん」と村瀬香里が言った。「タクシーの運転手さん、場所わからなくて。あたしも説明できなくて。教えてあげてもらえます?」

百合はセトグチを見つめたままで、村瀬香里に言った。

「いいのよ。来なくていい」

「え?」

「ここには来ないで。来なくていい」

セトグチは百合を注視している。しかし、通話を止めてはこない。何を言うか、見極めようとしているのだろうか。さっきの来見田牧子の警察への電話さえ制止することはなかった。かなりのことを口にしても大丈夫かとも思う。セトグチは警察にこの監禁状態を知られることを、気にしていない。

「だって」と香里。「お店にいないんですか？」

「お店。ラ・ローズ。でもコンサートは中止になった。香里ちゃんは来ないで」

「どういうことなの？」

「言ったとおりよ。わたしはラ・ローズに来ている。コンサートは中止。これ以上お客は入れない。わたしも帰れない。あなたは来ないで」

「どうしたんです？　何かありました？」

「ええ。さっきここから電話したひとがいる。そのとおりなの。わかった？」

「ううん、全然」

「言うとおりにして。ここには来ないの。それから、佐伯さん知ってるわね。番号入ってる？」

「ええ。したことはないけど」

「あたしがいま言ったことを伝えて。また、こっちから電話するわ。できるときに」

「できないの？」

「しにくいの。わかった？」

「何か起こっているんですね？」

「ええ」

「佐伯さんの助けが必要なこと？」

「そうなの」

村瀬香里の声が少し小さくなった。

「事件ですか？」

「そうなの」

「わかった。行きません。佐伯さんに伝えます」

「そうして」

通話が切れた。

百合は携帯電話を耳から離した。この携帯電話は、まだ持っていてい い？　まだ通話に使っていいの？

百合の問いがわかったのだろう。セトグチがうなずいて言った。

「いいケータイですね。見せてもらえます？」

手を差し出してきた。私物だ。官給を示す管理シールなど貼られていない。百合は携帯電話を差し出した。セトグチは電話をつかんだ。百合は、セトグチの腕を取って投げ飛ばすべきか、もう一度考えた。でもすぐに思い直した。来見田牧子も一一〇番通報した。香里は佐伯にこの異常を伝えてくれる。いま無理をして、この場にいる一般市民たちを危険にさらすことはない。

百合は携帯電話を持つ手から力を抜いた。セトグチが携帯電話を受け取り、胸元に引き寄せた。

セトグチはちらりと携帯電話を見てから、ボタンのひとつを数秒間押した。電源を切ったようだ。セトグチはその携帯電話を、広いカウンターの上に置いた。百合が手を伸ばしても届かぬ位置だ。取り上げられたと同じことだった。返せと言えば返してくれるかもしれないが、それを期待するのは危険だろう。いまここでは、電話はできる。彼らは通話を黙認する。でも、そのあと携帯電話は取り上げられるとわかった。こうしてひとつずつ、ここにいる者の携帯電話が取り上げられるのだ。

来見田牧子の電話が取り上げられていないのは、彼女の父親、元富山県警本部長と連絡を取らせるためだ。ほかの客が携帯電話を取りだして警察に通報した場合はどうだろう。男たちはそのままさせておくだろうか。客たちはいまの百合の電話と、セトグチとのやりとりをどう解釈したろう。

セトグチの視線が、百合のうしろに移った。

同時に、背のほうから声が聞こえてきた。

「警察か？　強盗だ」

タケナカという老人の声だった。あなた、と制止する夫人の声が重なった。

タケナカが言っている。

「そうだ。事故じゃない。事件。強盗だ。場所は、藻岩山、伏見のラ・ローズというバーだ。早く、助けてくれ」

百合はセトグチを見守った。彼はどう出る？　タケナカに飛び掛かって、携帯電話を取り上げるか？　もしその場合、セトグチは百合の横をすり抜けて、タケナカの席まで駆けねばならない。そのとき、足払いをかけることは可能だ。

しかしセトグチは動かない。皮肉な表情を見せているだけだ。

タケナカはなお通話を続けている。

「そうだ。人質になっているんだ。強盗はふたりだ。人質は、九人。店のひとと、客だ」

「目の前にいる。ふたりだ。いや、そういうものは、何も持っていない。怪我人もいない」

「電話？　自分の携帯電話だ。いや、できる。できるからこうやって一一〇番にかけてる」

「強盗だって。わからないのか。わたしたちは脅されて、出ることもできないんだ」

「いや、何もされていない。店から出られないだけだ。電話はできるんだって」

通信指令室は、タケナカの電話をいたずらと受け取ったようだ。根掘り葉掘り、細かなところを確認している。場所、強盗の人数。人質になっている人間の数。強盗たちが凶器を所持しているかどうか。怪我人は出たのか。電話はどこからしているのか。強盗たちの前で？　強盗が見ている前で、警察への電話が可能なのかどうか？

とうとうタケナカのほうが激昂《げきこう》した。

「わかんないのか！　もういい」

セトグチが微笑した。

百合のうしろで着信音があった。クラシック曲の出だしだ。モーツァルトの交響曲だろうか？

またタケナカの声。

「はい。そうだ、電話した。まちがいない」

「そうだ。強盗だ。脅されてる。何と？　知らん。わけがわからん要求を出してる。意味不明だ」

「いるって。店の中にふたり。電話？　止められていない。わかってるはずだ。この内容だぞ。警察への通報でないとしたらなんだ？」

「とにかく早く。緊急事態だろう」

「わかった。わかった。待ってみる」

タケナカは通話を切ったようだ。

セトグチが言った。

「わたしたちの要求を、どうして伝えてくれないんです？　冤罪被害者の中島喜美夫が、当時の富山県警本部長に心からの謝罪を要求しているんだって」

タケナカが言った。

「意味の通じる日本語じゃない」

「わかりやすいと思いますけれど、その携帯電話見せてくれます？」

セトグチが一歩前に動いた。

「どうするんだ？」

「新しい携帯電話を見るのが好きなんです」

「古いものだ」

「見せてくださいよ。ここまで来て」

セトグチがタケナカに視線を固定させた。かすかな微笑は変わっていないが、目は真剣だ。お願いではなく、指示している目。いや、強要している目と受け取れる。もしタケナカが拒んだら？

タケナカ夫人の声がした。

「もう通報したんだし、渡してあげたら？」

そうして、という必死の想《おも》いがこもった声だった。この場では、タケナカよりもタケナカ夫人のほうが、判断力があるようだ。

百合はタケナカを振り返らなかったが、彼はセトグチの視線を受けとめて、少しのあいだにらみ合っていたようだ。しかしけっきょく動いた。夫人の懇願を受け入れた。

通路を歩く音がして、百合は首をひねった。タケナカが面白くなさそうな顔で通路に立っていた。

「置くぞ」

タケナカはカウンターの上に携帯電話を置くと、すっと滑らせた。セトグチがこれを受けとめ、やはり電源を切って、百合の携帯電話の横に並べた。

タケナカが言った。

「もう通報したんだ。通報からパトカーの現場到着まで平均六分だぞ。六分で、ここに警察がやってくる。お前たちはそれまでだ」

それは一一九番通報のことだ、と百合は思った。一一九なら、救急車か消防車が通報から六分前後で到着する。しかし一一〇番通報の場合はちがう。通報の内容からまず緊急性が判断される。どんな通報にもすべて警察車を出しているわけではない。家の前のネコの死骸《しがい》を片づけてくれという電話に、警察車を緊急出動させることはない。

タケナカ夫人が呼んだ。

「あなた」

余計なことを言わないで、ということだろう。

タケナカが自分のいた席に戻っていった。

そのとき、建物の外でクラクションが鳴らされた。三度、四度。駐車場の方向だ。いらだっているような音に聞こえた。みなが駐車場側の窓に視線を向けた。しかしブラインドが下ろされていて、外で何があったのかはわからない。

機動捜査隊？　まさか。あの来見田牧子の通報でやってきたのだとしたら、クラクションをこんなふうに鳴らしはしまい。あまりにも乱暴な臨場のしかただ。警察ではない。

来見田ユカがブラインドに隙間を作って額を近づけた。

「何も見えない。クルマきてるかな」

セトグチと中島がそれぞれ窓に近寄り、ブラインドを少し開いて外に目を向けた。百合も外を見たかったが、ユカと同じように自分も許されるかどうかはわからなかった。やめておいた。

セトグチがアサミに訊いた。

「まだ来るお客があったのかな?」

アサミがうなずいた。

「もうひと組。女性三人」

またクラクションだ。

「うるさいな」とセトグチが言った。「ブリッジを塞いでるクルマ、よけろって言ってるんだろうけど」

「よけないんですか?」とアサミ。

「ここに入れてやれって?」

「いえ、そうじゃないけど」

「放っておこう」

カウンターのそばに立っていたアサミが、ふいにポケットの中に手を入れた。アサミはポケットからスマートフォンを取り出した。彼女は電話を受けていい?という目を、セトグチに向けた。セトグチが、どうぞと言うように顎《あご》を縦に動かした。

「はい、ラ・ローズです」とアサミ。「ああ、ごめんなさい。そうなの、急遽休業《きゅうきょ》ということにしたの。連絡できずにすいません。いまのクラクション、あなた？」

外の駐車場に到着した客のようだ。不審に思っての電話だろうか。

「ええ。ごめんなさい。ええ、ひとは来ていることは来ているんだけど、中止。休業。わけがあって、そうなの。お願い、いずれきちんとお詫《わ》びします。きょうは、帰っていただけます？」

「ごめんなさい。ほんとうにごめんなさい」

アサミが通話を終えた。この状況について、具体的なことは言わなかった。知らせるまでもない相手ということか。

セトグチが、顎でカウンターを示した。

アサミが素直に、カウンターの上にスマートフォンを置いた。


津久井卓たちの乗る覆面パトカーは、三叉路を右手に折れた。そこからかなり勾配《こうばい》のきつい坂道となっている。そろそろかつての民間バラ園跡に着くというあたりだ。左手に曲がると、以前恋人と行ったことのあるカフェ・バーである。

本部系無線から呼び出しがあった。

津久井がマイクを取って応えると、指令台が言った。

「いまもう着くころですね？」

津久井は答えた。

「すぐ手前まできています」

「さきほどのラ・ローズからまた通報です。別人。自分たちは監禁されているという内容ですが、いたずら電話かもしれません。事象確認を」

「了解です」

運転席で滝本浩樹がちらりと津久井を見た。

「同じ店から、二件続いて通報ですか」

「通報できる監禁状態ってどんなものだ？」

「携帯電話を取り上げずに、一室に閉じ込めた？」

「そんな間抜けな監禁犯や乗っ取り犯はいない。でもとりあえず人質は安全ってことだな」

「パトライトだけ上げます」

滝本が操作パネルのスイッチを押して、覆面パトカーのルーフに、赤い回転灯を出した。

三叉路から五十メートルも上がると、前方が平坦《へいたん》になった。駐車スペースだ。そのスペースを照らすライトがある。五台のクルマが停まっている。一台の乗用車に、三人の女性が乗り込むところが見えた。

滝本浩樹が速度を落として、覆面パトカーをその駐車場に入れた。

ブラインドの隙間ごしに外を見ていた中島が言った。

「赤いライトだ。警察かな」

人質たちの表情が、一瞬明るくなった。

左手、急斜面の向こうに、箱型の黒っぽい建物が見えた。駐車場とはブリッジでつながれているようだ。しかしいま、そのブリッジのこちら端は、停まったライトバンが塞いでいる。そのクルマを乗り越えないと、ブリッジに踏み出せないようだ。

バリケード代わりになっているそのライトバンの脇に覆面パトカーを停めると、見えていた女性たちが駆け寄ってきた。

津久井たちが車両を降りると、黒っぽいドレスを着た中年女性が、咳《せ》き込むような調子で言った。

「警察？警察のひと？」

「そうです。何か？」

「変なの。お店に入れないんです。お店のひとに電話したら、突然休業ですって。でも中にはほら」

その女性は駐車場に停まった五台のクルマを示して言った。

「お客がいるみたい。だけど入れないの。帰ってって言われた」

「何か事件が起こっていると言ってました？」

「いえ。でも、すんごく変な雰囲気」

津久井はブリッジの先のその建物を見た。大きなガラス窓にはブラインドが下りているようだ。眺望が売り物のはずの店で、ブラインドが下りているのは奇妙だ。札幌市街地を見る窓は、建物の反対側であるにせよだ。ブラインドの隙間から、わずかに中の光が漏れているが、店の中の様子は窺《うかが》えない。

滝本が、右手をスーツのうしろのほうに回して、津久井を見つめてきた。ブリッジを渡って店の中に入るか？と訊いている。

そのとき、本部系無線機が呼び出し音を立てた。津久井は助手席のドアを開けて、指令台からの指示を待った。

指令台の担当者が言った。

「第一通報者の身許、確認が取れました。来見田牧子。警察庁の山科刑事局長の実の娘です。札幌在住。通報の携帯電話は、彼女からです。いたずらの可能性は低くなりました。十分留意してください」

津久井は滝本と顔を見合わせた。

中に警察庁幹部の実の娘がいる？　通報者は彼女自身？

いたずらではない。偶然でもないだろう。警察官は、偶然の可能性をまず排除してものごとを読む。世の中には、映画の中ほどには偶然は起こらないのだ。

店舗乗っ取り事件。中に高級警察官僚の娘がいる。テロか？

津久井は、半分悔しい想いで言った。

「応援が必要だ」

十人前後の人質が取られている事件だ。しかも乗っ取り犯はふたり。自分たちふたりきりでは解決できない。対応は不可能だ。

滝本がうなずき、運転席に身体を入れた。

津久井は女性たちに向かって言った。

「ここからすぐに立ち去ってください。もうお店のひとに、電話はしないで。解決するまで、じっとしていてください」

「何があったんです？」と、黒いドレスの中年女性。

「わかりません。これから確かめます。すぐに退去を」

最後の部分を、厳しく言った。女性はうなずいた。

滝本が彼女から名刺を受け取った。その女性はほかのふたりを促し、自分たちのクルマに戻っていった。

津久井は駐車場に停まっているクルマのナンバーをすべてメモした。

滝本が運転席に戻ると、彼に指示した。

「建物の死角に」

滝本が、サイドブレーキを解除しながら言った。

「何が起こっているにせよ、犯人たちは逃げられませんよ。一本道のどん詰まりだ」

「たしかに」

この建物は、ブリッジを通らないことには出入りできないようだ。乗っ取って制圧することは容易だ。しかしそれは、ブリッジを渡る以外に逃げ道がないということでもある。どこか抜け穴から敷地の外の木立の中に逃げ込むという手もなくはないだろうが、現実的ではあるまい。しかも時間が長引けば長引くほど、監禁犯には不利になる。警察庁刑事局長を相手にしたテロだとして、その動機を持つ者のやる犯罪としては、計画がお粗末だ。

最初から逃げることを望んでいない？

津久井は、背中に冷水が流れる感覚を味わった。

女性たちのクルマが駐車場を出た。滝本が覆面パトカーを発進させ、あとを追った。

セトグチはブラインドの隙間から外を覗いていたが、発進音が聞こえたあとに言った。

「警察のクルマも出ていった。冷たいよな」

店の中の空気が一気に暗くなった。

奥のほうで、中島の声がした。

「ね、山科さんが謝る以外にないんです。もう一度電話してください。お父さんに」

百合は振り返った。

中島喜美夫が、来見田牧子に顔を向けて、懇願していた。来見田牧子は、そっぽを向いている。中島の言葉など耳に入っていないかのように。

「お願いします」と中島。「お嬢さんから頼んでもらえば、きっと謝罪してくれると思うんですよ。ぼくは、それ以上のことを要求してはいないんです。して欲しいのは、人間としての謝罪だけなんです」

この店を乗っ取った男の口ぶりにしては、ずいぶん礼儀正しく、ていねいなものだった。

セトグチが言った。

「お嬢さん、警察はあのだらしなさだ。やっぱりまた電話してみたらどうだろう。お父さんは、お嬢さんの頼みなら聞いてくれる。いまここがどういうことになっているのか、正確に教えてあげたら」

来見田牧子が言った。

「正確って、どんなふうに？」

セトグチが左手で店の中を示して言った。

「この通りに」

百合にも、この状態をどう表現したらよいのかわからなかった。もしいま自分が通信指令室に電話をかけることができたとしても、タケナカが話した以上のことが言えるだろうか。タケナカは嘘《うそ》を言ってはいない。だけど信じてはもらえなかったようだ。

ただ、同じ場所から二本、一一〇番通報が入っているのだ。通信指令室も、人質監禁事件が起こっているとは判断しないにせよ、ラ・ローズという店で何か異常なことが起こっていることは理解した。だからいま、警察車が到着したのだろう。

そのクルマが戻った理由がわからない。彼らは店のドアをノックすることもしなかった。ブリッジが塞がれているせいか。それとも、自分たちでは対処できないほどの事件だと判断したか。応援を呼んで出直すつもりか。

百合はもう一度セトグチが肩にかけているバッグを見た。彼も中島もいまは何も凶器めいたものは持っていないが、あのバッグの中には鈍器になりそうなものぐらいは入っているそうなのだ。その鈍器を使って彼らがやってきた警官を襲った場合、彼らは拳銃《けんじゅう》を持った凶悪犯ということになるが。

来ないで、と百合は祈った。無警戒には来ないで。来るなら、機動捜査隊がいい。彼らは場馴《ばな》れしている。拳銃を持っての突入訓練を受けている。機動捜査隊以外の警官は、来てはならない。

携帯電話が震えた。

佐伯宏一は押していたカートを止めて、胸ポケットから携帯電話を取りだした。

村瀬香里からだ。小島百合が殺人犯から救った娘。当時は風俗嬢だったけれど、その後美容学校に入って卒業した。いまはホテルの美容室に勤めているはずだ。小島百合と一緒に何度か会っており、携帯電話の番号も交換していた。でも、じっさいに通話したことはない。

メールでもなく、音声電話。なんだろう？

佐伯は携帯電話を耳に当てた。

「佐伯」

聞き覚えのある声。

「村瀬です。わかりますか？」

緊張した声だ。単なるご機嫌うかがいの電話ではない。

「もちろんだ。何か？」

「きょう、小島さんとミニ・コンサートに行くことになっていたんですけど」

さっきの電話で、小島百合は九時過ぎまで身体が空かないと言っていた。村瀬との約束があったのか。

「おれも来ていいって?」

「いいえ。その、さっき、タクシーの運転手さんに会場のお店の場所を教えてもらいたくて電話したら、妙なんです。来るなって。事件が起こっているって」

「事件?」

「ええ。自分では言いにくそうな感じで、でもわたしがそう聞いたら、そうだって」

「詳しく教えろ」

言いながら、佐伯はスーパーマーケットの通路でカートを回した。どうやら買い物は中止にしたほうがいいようだ。籠《かご》に入れた商品をすべてもとの売り場に戻しておいたほうがいい。

商品を戻しながら、村瀬の話を聞いた。小島百合は、村瀬香里がかけた電話でこう言ったという。

自分はそのミニ・コンサートのある予定の店、ラ・ローズにもう来ている。でもコンサートは中止になった。事件が起こっている。自分は帰れない。村瀬は来るな。

村瀬香里が、いったい何が起こっているのか詳しく聞こうとすると、百合は言ったという。

さっきここから電話したひとがいる……。

事件が起こっていることは、すでに通報ずみ、という意味に取れる。

村瀬香里は言った。

「お姉さんは、言ってました。また、できるときに電話する。佐伯さんに、この話を伝えて欲しいと。佐伯さんの助けが必要なことなんだと」

おれの助けが必要なこと？　それは佐伯宏一という男の助けということか？　それとも北海道警察本部の警察官の助けが必要ということか？　あるいは、百合の意識の中ではそれはひとつのこと、分けられるものではないのかもしれないが。しかし、事件の性質はどういうものだ？　小島百合がその場にいて、助けを求めているという状況。監禁された？店ごと乗っ取られて、ほかの客ともども人質になっているということだろうか。

「わかった」と佐伯は言った。「香里ちゃん、いまどこだ？」

「市内に戻ってきました。ススキノ近く。あたし、どうしたらいいですか？」

「小島の言うとおりにしてくれ。その店には近づくな。あとはおれがやる」

「トラブルが起こっているなら、佐伯さん、お姉さんを無事に助けてあげてください」

「わかってるって」

通話を終えたところで、商品を返し終わった。佐伯はカートを押して置き場に戻し、スーパーマーケットを出た。自宅に戻らずに、すぐに地下鉄に乗るのだ。

佐伯が住んでいるのは、札幌市の東側、札幌を二分する豊平《とよひら》川を渡った先だ。この近くには、かつてススキノから移転した遊廓《ゆうかく》があり、その周辺の産業も集中していた。いまでは面影もないが、南アジアの貧民窟《ひんみんくつ》にも似た一角も近くにあったという。そのせいもあるのか、市の中心部まで地下鉄で二駅という距離ながら、家賃の安いエリアだった。エリアの格を気にするような住人は皆無であるし、離婚した男性警察官のひとり暮らしには向いている町だ。それに大通警察署でも道警本部でも、ドアツードアで十五分で行ける。

佐伯はスーパーマーケットの外に出ると、あらためて携帯電話を取り出し、小島百合の携帯電話の番号を呼び出した。事件が起こっているとして、彼女は電話を受けることはできた。短い言葉で、状況を伝えることも。いまこの瞬間はどうだろう?

通話ボタンを押して、反応を待った。コール音が何度か聞こえた後、メッセージが聞こえた。おかけになった電話番号は電波の届かないところにあるか、電源が入っていないためかかりません……。

つながらないのは一時的なものかもしれないが、いま小島百合に状況を確認することはできない。

思い出した。彼女は買ったばかりだというスマートフォンからも、先ほど電話してきた。着信履歴からかけることができる。試してみるか。

いや、と思い直した。事件に巻き込まれた女が、もう一台携帯電話を持っている。それが生きている可能性がある。この状況は使える。粗雑に扱ってはならない。いまその一台のほうに発信することはこらえよう。

佐伯はすっかり暗くなった空を見上げてから、ひとつ深呼吸した。

いま店の中の人間たちの意識は、来見田牧子に集中していた。

彼女が携帯電話で必死に言っている。

「だから、お父さん、わたしたち監禁されてるの。人質になってるのよ。理由はお父さんの問題なの！」

来見田牧子の実父、山科邦彦と電話がつながったようだ。

「ええ。電話しろって言われたからしてるんだってば。お父さんも覚えてるでしょ。中島喜美夫って男。富山県警がドジやって、冤罪で刑務所に送ってしまった男よ。そいつがここにいるの。お父さんに謝罪してもらいたいって。人間として謝って欲しいんだって」

セトグチは、入り口のドアの前に立ったまま、また薄ら笑いを浮かべたような顔で来見田牧子の言葉を聞いている。ほかの客や店の者たちは、いわば固唾《かたず》を呑んで、という表情だった。説得して、と多くが祈っている。それですむことなら、謝って、わたしたちを解放して。

「通報したわ。電話止められなかったもの。ええ、いま警察も外まで来たらしいんだけど、ここにこないで帰ってしまったらしいの」

「いえ、そういうことじゃないの。大げさにしてどうなるの？　交渉？　取り引き？　何時間かかるの？　それよりはお父さんが謝ったほうが早いじゃない」

「まだ飛行機は飛んでるでしょ。一番早い便でくればいい」

「責任はないとかどうとか、そういう問題じゃないでしょ、お父さん。娘と孫がここにいて、犯罪者ふたりに監禁されているのよ」

セトグチが、大げさに驚いた様子を見せた。

「監禁？　ぼくらが監禁してる？」

来見田牧子は、ちらりとセトグチを見て、なお続けている。

「あたしたち、このあとどんなことされるかわかったものじゃないのよ。いいえ、見えないけど、持ってるでしょ」

中島喜美夫が、来見田牧子のそばで何か言っている。声は聞こえない。どうか、どうか、とでも言ったように見えた。

来見田牧子は天井を見て言った。

「はいはい、わかったわ。電話待つわ」

そして、芝居がかった溜め息。

山科邦彦は、中島喜美夫に謝罪することは約束しなかったようだ。少し考えさせろとでも言ったのか。

店のマネージャー、アサミが、来見田牧子のそばに近づいて聞いた。

「お父さん、何ですって？」

来見田牧子が答えた。

「やれることを考える。いろいろ事情があるから、少し待てって」

「謝ってくれそう？」

「電話でなら」

そのとき、中島喜美夫が言った。

「駄目だ！　きちんとここにきて謝罪だ！」

声が半分裏返っている。

人質たちがぎくりと身を固くした。

百合は思った。中島もまたストレスが溜まってきているのかもしれない。暴発が心配になる。完全にぶち切れてしまうことが懸念される。セトグチとはちがって、中島喜美夫のほうは、ストレス耐性が低そうだ。この事件の主役であるせいかもしれないが。

アサミがセトグチと中島喜美夫を交互に見て言った。

「わたしも電話していいでしょうか」

中島喜美夫が訊いた。

「誰に？」

アサミが中島に顔を向けて答えた。

「父に」

「あんたのお父さんに？　どうして？」

「来見田さんのお父さんを説得してくれるかもしれないから」

セトグチがアサミに訊いた。

「知り合いなのか？」

アサミは顔をセトグチに向けて答えた。

「国会議員なので」

「へえ、そうなんだ」

「警察庁のお役人でも、とりあえず耳は貸すと思う」

セトグチが中島に訊いた。

「いいですよね」

中島がうなずいた。

「言ってやって。山科さんが素直に心から謝れば終わることなんだから」

セトグチがカウンターの上のスマートフォンを示して言った。

「お父さんに電話して」

アサミが、一度は差し出したスマートフォンを手にすると、何度か指を動かしてから耳に当てた。すぐに相手につながったようだ。

「お父さん？　いまいい？」

こんどはみなの視線がアサミに集中している。

「おかしな事件に巻き込まれたの。お父さんの力が必要。ううん、そういうことじゃない。

いま、札幌のお店が、乗っ取られたの」

百合は、セトグチと中島の反応をうかがった。乗っ取りという言葉にも、とくに反発したようではない。来見田牧子の電話のときと同様、自分がやっていることはそう表現されたとおりの犯罪であるという自覚はあるようだ。

「そうなの。男がふたり入ってきて、ひとりは冤罪事件の被害者だったひと。中島喜美夫さんってひとなんだけど、自分を冤罪の被害者にした富山県警の本部長に謝罪してもらいたいって」

「その本部長の娘さんが店にいるのよ。来見田牧子さん。いえ、元富山県警本部長。いまは警察庁の刑事局長ですって。ちがう。来見田っていう苗字じゃない。山科。山科って警察庁のお役人」

「ええ。そうなの。監禁されてる状態。中島ってひとは、山科って元本部長が謝罪しなければわたしたちを解放してくれないそう」

「通報したわ。さっき一度パトカーが来たみたいなんだけど、店には入ってきていない。帰ったみたい。理由なんて知らない」

「でも、ここには人質が九人いるのよ。女子供が大半。男はふたりだけ。強行突入なんてしてほしくない。きっと怪我人が出る」

アサミは来見田牧子よりも多少大人と感じられた。事態の把握も冷静だし、度を失っていない。

「ええ。冷静よ。でも、深刻なんだから。電話はできる。出ては行けない。いえ、誰もまだ暴力は振るわれていない。でも、店は乗っ取られて、犯人たちはそういう要求を出しているのよ。お父さん、その刑事局長さんを説得できない？　謝るだけでいいのよ。あたしたち、無事に解放してもらえるのよ」

アサミが口をつぐんだ。相手、代議士だというアサミの父親が、何かをアサミに指示しているのだろう。

やがてアサミが言った。

「ええ。お願い。いえ、わたしは大丈夫。安全。でもとても怖い。山科さんが謝罪を突っぱねて、このひとたちを怒らせるのが怖い。ええ、はい、はい」

アサミがスマートフォンを耳から離すと、カウンターに置きながらセトグチに言った。

「父がなんとか山科さんと話をつけてくれる。説得してくれると思う」

「あんたのお父さんて、なんていうの？」

「楠木善男」

百合は驚いた。保守系の大物国会議員だ。旭川を地盤とした農業族議員だ。最近は外交案件にも積極的に関わっているのではなかったろうか。少なくとも北海道のメディアでは、楠木の外遊シーンはよくテレビで報道される。私設秘書のひとりは、たしか中央アジア出身の元格闘家だ。北海道では、鈴木《すずき》宗男《むねお》と並ぶ人気議員と言える。

セトグチが中島に顔を向けて訊いた。

「中島さん、楠木善男って知ってる？」

中島は首を振った。

「知らない。山科さんより偉いひとなのかな？」

「お役人は、国会議員を大事にするんじゃないかな」

「謝らせてくれたらいいよね」

「少し腹が減らない？」セトグチがアサミに言った。「何か食べさせてもらえるかな」

アサミが振り返って、カウンターの端に控えていたウエイトレス、アヤに言った。

「用意してあるもの、カウンターに出して。あとは父がなんとかしてくれるから」

「はい」とアヤが言った。

部屋の中の空気が少しだけ弛緩した。

3

佐伯は、地下鉄駅へと向かう足を止めて思った。

村瀬香里は言っていた。

通報ずみ。

それは一一〇番通報のことだろう。つまり小島百合が居あわせている現場で誰かが、事件の発生をすでに警察に伝えている。

通信指令室に問い合わせるか。藻岩山山腹、伏見のラ・ローズという店で事件発生という情報を耳にした。本部では確認しているかと。

思い直した。事件発生の通報を受ければ、まず機動捜査隊に現場へ急行する指示が出る。もしきょう、長正寺《ちようしようじ》警部の班が当務であれば、彼が状況を知っている。何が起こっているのか。本部はどう対処しようとしているのか。

携帯電話を持ち直して、機動捜査隊の長正寺に電話をした。

「なんだ」と、最初のコール音も終わらぬうちに長正寺が言った。

佐伯もあいさつ抜きで訊いた。

「藻岩山、伏見のラ・ローズって店で何か起こったようです。通報が入ったそうですが、聞いていますか？」

「ああ。奇妙な通報が二件あった。いま、津久井たちが事象把握に向かっている」

「やっぱり」

「やっぱり？　そっちにも何か情報が？」

「ええ。その店に、大通署の小島百合がいます。人質です。人質監禁事件の発生」

「何？」長正寺は珍しく驚きを隠さなかった。「女性警官がいても、撃退できなかったってことか」

「犯人は、何人です？」

「通報ではふたりだ」

「凶器は？」

「不明」長正寺はそのあとにすぐ続けた。「この事案、うちで解決する。全員出動だ」

道警本部の機動捜査隊は刑事部に所属し、三つの班で編制されている。二十四時間交代制だ。ひとつの班には二十名の隊員がいる。長正寺は第三班の班長だった。

「おれも現場指揮車で現場に向かう。お前、小島百合と連絡はできるのか？」

「彼女の友達とは取れた。わたしに連絡するように、とのことだったそうです。わたしもいま電話、試しましたが、不通です」

「その友達ってのとは、電話はつながったんだな」

「小島にかけたら、事件が起こっていると言ったそうです」

「一般市民なのか」

「例の連続殺人犯に狙われていた女の子。あやうく被害者のひとりになるところだった」

「それが小島の友達だって？」

「いま親しくなってる。だから電話もできた」

「その子、呼んでくれ。指揮車に」

「指揮車、どこに置くんです？」

「現場は藻岩山山腹だ。伏見のお洒落《しやれ》なカフェ・バーの脇あたり」

人質立てこもり事件が起こった場合、犯人と交渉するのは、機動捜査隊の任務だ。指揮車両を現場にやるというのは、その交渉のためだろう。

長正寺が念を押すように言った。

「お前も、手伝ってくれるよな」

「そのつもりです」

「来てくれ」その声に、信号音が重なった。「無線だ。切る」

長正寺との通話を切ってから、佐伯はこんどは村瀬香里に電話した。

「いまどこだ？」

村瀬香里は言った。

「四丁目交差点近く。歩いているところですけど」

「一緒に来てくれないか。拾う」

「どこにです？」

「ラ・ローズのそば。小島を助け出すのに、力を貸してほしいんだ」

「あたしに何かできます？」

「ああ。たぶん」

佐伯は村瀬香里に、四丁目交差点南側の地下鉄駅入り口前に立っていろと指示した。自分自身は、ここからタクシーに乗り、村瀬香里を拾ったうえで藻岩山山腹の現場まで行くことになる。


楠木善男は、手のひらで目の周りを軽く揉《も》んでから、私用の携帯電話をもう一度取り上げた。いましがた、娘の奈津子《なつこ》からの電話を受けた携帯電話だ。娘は地元北海道の有力な食品メーカー経営者の御曹司と結婚し、自分自身は札幌でも人気のワイン・バー経営者として、ときおり店に出ている。苗字はいま浅海《あさみ》というのだった。

東京・紀尾井町にある個人事務所だ。奥の部屋。外には私設秘書数人が詰めるオフィスがある。着信履歴から通話ボタンを押して、相手が出るのを待った。壁の時計は午後六時三十分を回ったところだった。

コール音二度で、札幌事務所に詰めている高野淳平が出た。

「高野です」と、いつも通りの如才ない調子だ。

「事務所だな？」

「はい」

「いま、そこには誰がいる？」

「わたしのほかは、桜井《さくらい》ですが」

「客はいないか？」

「いません」

「何か変わったことはないか？」

「いえ」高野は不安そうな声になった。「何かあったんですか」

「娘が、娘の店が乗っ取られた」

「どういう意味です？」

「犯罪者ふたりが、娘の店に押し入って、娘や客を監禁した。客の中に、警察庁刑事局長の山科邦彦の娘がいるそうだ。その連中、山科に、富山県警の冤罪事件の謝罪を求めているそうだ。娘だという女を通じて、山科に謝罪要求を突きつけた。店にきて、謝れと。ひとりは、中島喜美夫とかいう、その冤罪事件の被害者だそうだ」

戸惑ったような声で高野が訊いた。

「それって、お嬢さんとどういう関係があるんです？」

「偶然と思うか？」

「もしかして、あの脅迫状と関わりがあるとか？」

「わからんが、事務所で何か妙なことはないか。また脅迫状が届いたとか」

「あっ」と高野が漏らした。「じつは今朝」

「なんだ？」

「わたしの自宅の隣りで、自動車の盗難事件がありました。警察が来ました。そのクルマから盗まれたスコップが、うちの玄関前に立てかけてあったんです」

こんどは楠木が戸惑う番だった。

「何だ、それ？」

「あの脅迫状に続いて、うちの隣りの家で窃盗です。しかもわざわざ盗品の一部がうちの前に。これって、わたしの自宅を知っているぞっていう脅しなんじゃないでしょうか。あの家を知っている人間は、後援会にだって多くはないんです。盗まれたクルマは、すぐに近所で見つかったそうです。いたずらで乗り回したわけでもない。転売目的でもなかった。無意味な自動車泥なんです」

「その程度の犯罪はいつでもやってやるぞ、っていうアピールってことか？」

「そうじゃないでしょうか」

「ほかには何か思い当たることは？」

「とくに。その乗っ取りの件、警察に通報はされたんですか？」

「人質たちがもうしているそうだ。犯人たちは、通報を止めたりしていない。奈津子はおれにも電話できたんだから」

言いながら楠木は考えた。その乗っ取り犯たち、冤罪事件の被害者ともうひとりの男は、警察が来ることは織り込みずみなのか？　謝罪を要求している相手は元富山県警本部長、いまの警察庁刑事局長だ。警察が出てくることをむしろ望んでいる。娘の言葉の感じからでも、絶対に娘は狙いではない。たまたま店にいて人質になってしまったというだけだ。ということは、やはりこれは偶然？

高野が言った。

「人質事件で、犯人側の要求が通ったことなどありません。道警に通報ずみなら、すぐに解放されるでしょう。あの脅迫状とは無縁ですよ。むしろわたしはクルマ盗難のほうが気になってきました。連中はあの口座のことも、わたしの自宅も承知していた。こっちの内情をかなり調べていますよ」

「何かあったら、すぐ知らせろ」

「先生は？」

「まず道警に連絡する。刑事部長は知ってる。転任の御祝儀も出した」

「人質救出に全力を上げろと？」

「逆だ。強行突入は絶対に駄目だと。娘の安全最優先だ。それから、警察庁の山科刑事局長に連絡する」

「謝罪要求を受け入れるようにですね？」

「当然だ。そいつの娘も人質なんだ。面子《メンツ》なんぞかまってられないはずだ」

「ちょっと待ってください」と高野が楠木の言葉をさえぎった。「桜井が何かお話ししたいと」

電話の声が代わった。私設秘書の桜井だ。

度を失ったような声。

「先生、ホームページをご覧ください。変な書き込みが」

楠木は自分ではパソコンをほとんど使わない。このデスクにあることはあるが、操作はほとんど部下まかせだ。しかし自分のホームページはいつも開いた状態だ。

「どうすればいいんだ?」

「オヤジのつぶやきの一番新しい書き込み。そこに、リツイートがついています」

楠木は慣れない手つきでマウスを操作した。秘書のひとりに書かせているつぶやき風日記の最新のものに、ひとつコメントがついている。

「先生、こんどお寿司よろしくお願いします。ラ・ローズって店のワインもおいしいそうですよ」

意味はすぐにわかった。寿司は、こんどの脅迫事件のキーワードだ。先日の脅迫状で犯人は、要求を呑む場合は「寿司を食べる」とツイートしろと書いていた。このコメントにはさらに、自分の娘が経営している店の名まで出ている。

楠木は確信した。娘の店が乗っ取られたのは、偶然ではない。犯人たちの狙いは自分だ。

自分から三億円引き出すために、ラ・ローズに押し入ったのだ。

新宮昌樹は、その居酒屋のエントランスに入る前に一度深呼吸し、ズボンのベルトのゆるみを直した。

きょうはこれから合コンなのだ。ススキノの入り口近くにあって、いつも使う店よりは少しだけ客単価の高い店。喫煙オーケーだが、それは排煙装置に投資しているということでもあるのだろう。男性三千五百円、女性二千円の会費だという。幹事をやっているのは、札幌市消防局に勤める友人だ。スキーの距離競技で国体に出た経験を持っている。つまり体育会系。新宮とは、地方公務員ばかりを集めたお見合いパーティで知り合った。消防士にしてはソツのなさすぎる印象のある男で、新宮はひそかに彼は職業選択を間違えたのではないかと思っている。彼は体育会系の肉体よりも、そのソツのないキャラクターを使ってふつうの会社員としてやってゆけただろう。

靴を脱いで下駄箱に入れ、ウエイターに案内されてその座敷に入った。すでに八人の男女がきていた。女性が五人だ。男三人はすでに同じような集まりで面識がある。

掘りごたつ式の席の端で、幹事役の石田《いしだ》が司会者の口調で言った。

「よおよお、これで男性は全員集合。みなさん、さっきも話した北海道警察本部の若手デカです。新宮昌樹三十一歳！」

　拍手が起こった。

　手近にひとつ席が空いている。石田が、そこに着くように言った。

「いちばんの上席を、確保しておいたから」

「ほかの席は？」

「特上席」

　女性の何人かが笑った。新宮はすばやく女性たちの顔を見渡してから、目の前で笑った女性がもっとも好みだと気づいた。細面で、切れ長の目。口はやや小さめだろうか。白っぽいチュニックふうのシャツを着ている。雰囲気としては、事務系公務員。和テイストの趣味を持っているのではないだろうか。

　その右隣りの席には、陽《ひ》に灼《や》けたショートヘアの女性がいる。見るからに体育会系だ。ただし格闘技ではない。球技だろうか。

　彼女と目が合った。健康そうで屈託のない微笑。口は大きく、歯並びがいい。これは、同期のやつの好みだ。

　人数を数えて、バランスが取れていないことに気づいた。女性五人。男性四人。もうひとりいなければならない。

　新宮は携帯電話を取り出しながら石田に訊いた。

「男が足りなくないか？」

石田が言った。

「ドタキャンしてきたのがいるんだ。都合がつかなくて」

「おれがいまから呼んでいいかな」

「大歓迎だ。心あたりでも？」

「滝本って同期がいる」

「一度来たか？」

「ああ。身長百八十。スキーと山好きだ」

なんとなく目の前の女性の目が光ったように思えた。このひとは、そっち系が好みなのか？

新宮は携帯電話を持ち替えて、滝本浩樹の番号を呼び出した。彼はいま機動捜査隊の所属だ。きょうのシフトはわからないが、目の前にあいつ好みの球技系女子がいるのに、呼んでやらない理由はない。もしいま勤務中であれば、携帯電話の電源は切ってあるだろう。

滝本がすぐに出た。

「すまん」焦っている声だ。「勤務中だ。事件だ。切る」

電源を切り忘れていたのだろう。

石田が、確保できたかという顔を向けてくる。こういう場合、自分は社交的で、友人も多いのだということをさりげなくアピールできたほうがいい。新宮はもうひとりの友人に電話をかけた。本部捜査一課にいる男だ。

「ほい？」と軽い声。勤務は終わっているようだ。

「合コンやってる」と新宮は言った。「ひとり男が足りない。来ないか」

「ううん」と相手は困ったような声を出した。「行きたいけど、明日は忙しくなる気配だ。今夜は飲めない」

「何か起こったのか？　機動捜査隊のやつが、事件だと言っていたが」

「藻岩山で、人質事件だ。警察庁刑事局長の実の娘が人質になってる」

新宮は身体を横に向け、口もとを手で覆って小声で訊いた。

「テロか？」

「まだわからない。そうそう、人質の中に、大通署の小島百合がいるそうだ」

驚いて、声が思わず大きくなった。

「現場は？」

「藻岩山中腹のラ・ローズ。機動捜査隊が向かってる。もう囲んでいるかもしれない。というわけで、その誘いには乗れない。すまんな」

「了解」

新宮は携帯電話をたたんでポケットに入れた。自分の表情が、なんとなく硬くなったことを意識した。

石田が驚いた目を向けてくる。

「まさか仕事だって言うんじゃないだろうな」

「仕事だ」と、新宮は立ち上がりながら言った。

石田は苦笑いして言った。

「これだから、警察官ってのは。みなさん、選ぶんなら、消防士です」

部屋を出ようとすると、石田は言った。

「いったん席に着いたんだ。キャンセル料は百パーセント申し受けるぞ。三千五百円」

新宮は財布から三千五百円をちょうどだけ取り出し、テーブルの上に置いた。

目の前の席にいる女性が言った。

「たいへんなお仕事なんですね」

新宮は見栄《みえ》を張って言った。

「選んだ仕事ですから」

球技系の女が言った。

「かっこいい」

新宮はその女に黙礼して、部屋を出た。

入り口で靴を履くとき、もしかして彼女は自分に関心があったのか、とも思った。でも、きょうはもう駄目だ。残って名前とケータイ番号を聞き出すわけにはゆかない。

店を出たところで、新宮はこんどは上司である佐伯宏一に電話をかけた。

「小島さんが、人質になってると聞きました」

佐伯は言った。

「そうなんだ。身許《みもと》はばれていない。まだ安全だ」

「おれに何かできることは？」

「何もない。長正寺がうまく対応してくれることを祈れ」

「佐伯さんはいまどこです？」

「現場に向かってる。藻岩山腹のラ・ローズってワイン・バーだ。知っているか」

「名前だけ。すぐ近くのカフェ・バーに一度行ってみたいと思ってました」

「そこには、誰もが行きたがるんだな」

「おれも行きます。そこで祈るようにしますよ」

佐伯がふしぎそうな声になった。

「お前、きょう合コンって言ってなかったか？」

「ものごとには、優先順位ってものがありますよ」

「いい女いなかったんだな」

「まあね」と、新宮は本音とはちがうことを口にした。「とにかく行きます」

北海道警察本部機動捜査隊の現場指揮車は、急な坂道の途中に停《と》まっていた。ミニバスほどの大きさの車両である。

坂道は、右手が切り通しの斜面、左手側に、住宅が並ぶ。住宅地としては立地条件は悪いが、それを補ってあまりある展望があるのだろう。どれもかなりの高級住宅と見える。

指揮車の前には二台の機動捜査隊の覆面パトカー。後ろには一台。そのさらに後ろには、大通署地域課のパトカーが二台。先頭の機動捜査隊の覆面パトカーが、完全に道を塞いでいる。もし道警のほかのセクションの車両がここに到着しても、これ以上現場には近づけない。動かせという命令が出たとしても、いまの状態では移動して道を空けること自体が厄介だ。ここに停まっている全部の車両を少しずつ移動させねばならない。

その様子を見て、佐伯宏一はタクシーを坂道の少し手前で停めて降りたのだった。タクシーがなんとか民家の駐車スペースをUターンできる場所でだ。

村瀬香里を伴って、佐伯は坂道を駆け上った。ふたりの私服警官が制止しようとしたが、佐伯の顔を見るとすぐに道を空けた。機動捜査隊員にも、佐伯の顔はいまやかなり知られているのだろう。

指揮車の後部は、ニュース映像などで見る放送局の中継車のようだった。多くの電気機器、通信機器らしきもの、モニター、PCなどが、狭い空間の片側にぎっしりと並んで収まっている。ヘッドホンをつけた男がひとり、その機器の前の椅子に腰掛けていた。折り畳み式のスツールがあって、そのひとつに長正寺警部が腰掛けている。佐伯の顔を見て、おう、と言うように首を振った。ヘッドセットを頭につけている。手には、クリップボード。

長正寺が犯人側との交渉人になるのか？　すぐにその思いを打ち消した。彼は全体を統括、指揮する役目であり、立場だ。交渉人はべつに立てられるのだろう。

佐伯は、これが村瀬香里、と紹介してから、長正寺に訊いた。

長正寺は、ウィンドウの外を顎《あご》で示してから言った。

「この上二十メートルばかり上がったところ、右手の斜面にラ・ローズっていうワイン・バーがある。斜面に建っているんで、店は二階、ブリッジでつながっている。窓にはブラインドが下ろされていて、中が見えない。ブリッジで駐車場とつながっているが、ブリッジはライトバンで塞がれていて、出入りしにくい状態だ」

長正寺のクリップボードの紙には、建物の平面図らしきものが書かれている。

「ピアノのミニ・コンサートがあるんで、ピアニストと客が来ていた。店のオーナー女性とウエイトレスもいる。人質は九人」

「強盗なのか？」

「いや、人質立てこもりだ。犯人たちはふたり、いま刑事部長に国会議員の楠木善男から電話があったそうだ。実の娘の店にテロリストが押し入った。ひとりは冤罪事件の被害者で、警察庁の刑事局長に謝罪要求を出している。山科邦彦。元富山県警本部長だ」

いま機動捜査隊は、駐車場の出入り口を塞ぎ、さらにラ・ローズの建物一階にある出入り口にふたりを張り付けている。建物を設計した建築事務所を割り出し、建物の図面を探してもらっているところだ。図面が手に入り、出入り口や建物の死角が明らかになったところで、突入を準備する。もちろん突入は最後の手段であり、人質の生命安全がいよいよ危ういときに発動する。当面は交渉による人質解放、犯人たちの投降を全力で追求する。犯人たちとの接触、交渉は、配置が完了した時点からだ。佐伯が信頼する朋友《ほうゆう》、津久井卓巡査部長はいま、駐車場出口に配置されているという。

「ちょっと待ってくれ」と、佐伯は長正寺の説明を遮った。「どうしてその犯人ふたりは、この店で山科邦彦に謝罪要求を出したんだ？　店とどういう関係がある？」

長正寺は、クリップボードの紙を一枚めくって答えた。

「ピアノを弾くことになっていた来見田牧子という人質が、山科邦彦の長女だ。実の娘」

問題の警察官僚の娘がピアノを弾くことになっていた……。つまり、犯人たちは行き当たりばったりにその店を襲ったのではない。計画的に、そのミニ・コンサートに合わせて、ことを実行したのだ。

佐伯は言った。

「つまり、犯人たちが人質として必要なのは、その女だけだな」

「駐車場のクルマから、来見田牧子の家族も来ているのではないかと推測できる。牧子の実の母親、山科早苗《さなえ》、牧子の娘、由香《ゆか》。やはり確認が取れていないが、牧子の亭主、来見田秀也《ひでや》」

「どういう男だ？」

「総務省のキャリアだ。審議官で、いま北海道庁に出向中」

「関係者の中にキャリアがふたりいるのか」

「一人は人質じゃないが」

「人質、ほかには？」

「竹中光男《たけなかみつお》。北大名誉教授だ。その女房、久美子《くみこ》もいるようだ。それに、お前の電話でわかった。道警女性警官の小島百合巡査部長。彼女、身許はばれていないんだな？」

佐伯は村瀬香里に顔を向けた。

香里はこくりとうなずいた。

「そういうふうには言っていませんでした。佐伯さんに伝えて。助けが必要。事件だって」

「そういう言葉で言った？」

「佐伯さんに伝えて、って言うのは、言葉のまま。あとはわたしが質問して、そう、とか、ええ、とか答えた」

長正寺が言った。

「このままばれなければ、都合がいい。外と中と呼応して解決にあたれる。電話が一回通じたんなら、こっちから指示もできるな」

「もうケータイはつながっていない」と佐伯は言った。「それ以前に、身許がばれたら危険だ」

スマートフォンが生きている可能性については、まだ言う必要はないだろう。はっきりしてからでいい。犯人たちは、武器を持っていない」

「大丈夫だ。

「まったく?」

「ああ。通信司令室が、通報者ふたりに確認している」

「中の人質たちは、自由に警察に通報できるのか」

「通報させられたのかもしれん。ケータイから、二本あった。ひとりは来見田牧子。もうひとりは竹中光男。どっちの通報でも、とくに何も持っていないそうだ。刃物、拳銃、金属バット。どんな言葉も出てきていない」

「そう言わせられているのかも。現実に、店は制圧されて、逃げることはできないんだろう?」

「威嚇はあるのだろう。言葉だけかもしれないが、人質たちは強気には出られない」

「小島百合でさえも、何もできないんだ。現場は危険だ」

佐伯は思った。彼女は剣道の有段者。先年はサバイバル・ナイフを持った強姦殺人犯に襲われ、すんでのところでこれをかわして発砲、逮捕している。そうやすやすと、屈伏してしまうような女性警官ではない。

長正寺が言った。

「だけど、この状況、使えるぞ」

「現場に警察官がいて、対処できないんだ。いま外で想像している以上に、この場は深刻だ」

長正寺は、同意した様子もなく言った。

「いま彼女とは電話はつながらないんだって？」

「おれからかけたが、電源が入っていないというメッセージだった」

佐伯は香里に目を向けた。

香里は首を振って言った。

「わたしも、そのあとはかけていません。なにか、雰囲気がすごくおかしかったから、うっかりかけちゃいけないと思って」

「いい判断だ」

長正寺が言った。

「取り上げられたかな。来見田牧子は、コールバックでも電話に出たそうだ。竹中もだ。早く救出しろと、学生でも叱《しか》る調子で電話してきたそうだ」

「あと、ケータイを持っていそうな人質は？」

「当たらせている。来見田秀也は持っているだろう」

「オーナーと従業員は？」

「オーナーは、浅海奈津子、楠木善男の長女だ。店のホームページから固定電話の番号はわかった。いま本部で、交友関係を調べている」

長正寺がふいに言葉を切って、ヘッドセットのイヤホンに手を当てた。何か連絡が入ったようだ。

一、二度うなずいてから、長正寺は言った。

「刑事部長への電話、確認が取れた。やはり楠木善男自身が、娘の店が乗っ取られたと刑事部長に直接電話したんだそうだ」

楠木善男。

北海道選出の保守系の国会議員だ。それもかなりの大物。今朝の自動車窃盗犯の事件で、被害者の隣りに住んでいる男が、楠木善男の地元公設秘書だった。

佐伯は訊いた。

「楠木は、どうして事件のことをもう知っているんだ？」

「娘から電話があったと」

「店の中から電話できたのか」

「犯人たちの指示だろう。犯人たちの要求を知らせてくれたそうだ。お父さんからも、警察庁を動かせないかと」

「どうしてそんなに都合のいい人間が、そこにいるんだ？」

「たまたまだろう。犯人が、オーナーの身許を知って、電話させたんだ」

ほんとうに偶然か？

佐伯は今朝の事件を思い起こした。あれも、自動車窃盗事件としては、奇妙なものだった。わざわざ盗む価値があるとも思えぬ大衆車は、一キロほど離れた場所で乗り捨てられていた。クルマに積んであったスコップが、隣家の玄関先にわざわざ立てかけてあった。盗犯が住居侵入したとして、収穫が少なかった場合脱糞《だっぷん》してゆく事例を連想させる行為だ。しかもその隣家の住人は、国会議員楠木善男の秘書。あのアクの強い代議士の秘書なのだから、ひとつふたつ恨みを買っていても不思議はないように思えた。自宅玄関先に脱糞されるほどの。

佐伯は、胸の中に湧《わ》いてきた疑念を隠して、慎重に言った。

「人質の身許が偏り過ぎだ。ずいぶん色がついているぞ」

「ピアノのミニ・コンサートが乗っ取られたんだ。こんなものだろう。場外馬券売り場で適当に十人任意抽出してみろ。やっぱり身許は偏る」

佐伯は、それ以上こだわらず、話題を戻した。

「ケータイを持っていそうな人質は、ほかには？」

「来見田の実の母親。竹中光男の女房だって持っているかもしれん。まずはふたりの関係者探しをやっている。身内、親しい友達」

指揮車のドアの外でそれまで黙っていた香里が言った。

「あのう、小島お姉さんのことですけど」

佐伯は香里を見つめた。

香里は佐伯と長正寺の顔を交互に見て言った。

「お姉さん、ケータイ、もう一台持っています。きょうスマートフォン買ったって言っていました。さっきわたしが電話したのは、いままでのふつうのケータイのほうです」

長正寺が訊いた。

「まだかけてみていない？」

「ええ、まだです」

佐伯は長正寺に言った。

「ケータイが取り上げられてしまっていたとしても、小島は、そっちをまだ隠し持っているかもしれない」

長正寺が目をみひらいた。

「連絡が取れるってことか？」

「小島が、こっそり話せるようなら」

「一回かけてくれたらいいんだが」

長正寺はまたヘッドセットに手を当てた。指令のようだ。

佐伯がその顔を見つめていると、彼は視線を佐伯に向けてうなずいてきた。

「警察庁から本部に、確認の電話があったそうだ。刑事局長の娘が人質になっているという情報が入っているが、事実かと」

佐伯は訊いた。

「本部はどう回答したんです？」

「確認中、と。来見田牧子という女性から通報があって、そのケータイは来見田牧子本人の持つものであることは確認したと。かつ、現場として通報のあった場所は道警の機動捜査隊が完全に包囲していると」

「犯人たちの要求のことは？」

「さあ。いまの連絡では、どう伝えたのかわからない」

「犯人たちは当然、山科局長にもう直接要求したのでしょうね」

「娘が人質なんだ。彼女はケータイも使える。娘を通じて、山科局長本人に要求を突きつけていてもおかしくない」

指揮車の後部ドアがノックされ、すぐに開いた。私服の機動捜査隊員が中年の作業服姿の男と並んでいる。作業服の男は、筒状に丸めた紙を手にしていた。

「工務店の担当者です」と捜査隊員が言った。「建物の構造がわかります」

「入ってくれ」と、長正寺が言った。


パーティ用の食事が大皿に盛られている。タパスふうのスナックが中心で、カナッペもあった。フォークで食べられるものばかり。いや、それも面倒なら、じかに指でつまんで食べられるものばかりだった。それが、四人がけのテーブルのひとつに、三皿置かれていた。ソフトドリンクのペットボトルも、テーブルの上に五本ばかり。それにグラス。

小島百合たち人質七人と、店の女性ふたりは、なんとなくそのテーブルの周囲に固まって、そのパーティ料理のスナックを口にしたのだった。みな、あまり食欲はなかった。ふたくち三口食べただけで、あとは誰も皿に手を伸ばさなくなった。

犯人たちふたりは、百合たちが皿のまわりに集まっているあいだ、何度かカウンターの端で額を近づけて話し合っていた。話の内容は聞こえなかった。でも、今後の犯行の手順についての打ち合わせだったのだろう。中島喜美夫のほうがいくらか深刻な、緊張した面持ちだ。セトグチと名乗った四十男のほうは、逆にテンションが少し高く見える。瞳《ひとみ》の輝きが強い。言葉も中島より多めだった。

犯人のひとり、中島喜美夫は最初からその文字も思い出せた。もうひとり、セトグチのほうは、瀬戸口裕二《せとぐちゆうじ》というフルネームだとわかった。ふたりの関係についてはわからない。しかし、かなりつきあいは長いようだ。歳の差はあるにせよ、友人同士という仲なのかもしれない。あるいは人生の先輩後輩同士という関係か。

食事のあいだに、百合は人質全員の名前を確認した。

店のオーナーが、浅海奈津子。アサミというのは、名字だったのだ。

若いウエイトレスが水島彩《みずしまあや》。

ピアノを弾くことになっていた気の強い女性は、来見田牧子。

その娘が由香だ。八歳だという。

牧子の実母の山科早苗。

それに、遅れて公用車でやってきたのが、来見田秀也。牧子の夫だ。高級官僚なのだろう。

老夫婦は、もと北大教授の竹中光男と、久美子だ。

竹中久美子に仕事を訊かれたので、百合は地方公務員と名乗った。嘘ではない。もしそれ以上誰かに詮索《せんさく》されることになったら、高校の社会科教師と答えようと、心構えしておいた。勤め先は、自分の卒業した高校の名を答える。完全な虚構で答えるよりも、失敗が出にくい。嘘はしばしば、ついている本人も何を言ったか忘れてしまう。つじつまの合わないことを口にしてしまうことになる。そこから嘘がばれる。それくらいなら、半分は事実にしておいたほうが、危険は少ないのだ。

いま窓は、山側も市街地側も、ブラインドが下ろされており、外は見えない。

百合はそっと時計を見た。午後六時四十分になろうとしていた。二本の一一〇番通報と、自分の村瀬香里とのやりとりから、ほぼ二十分から二十五分の時間がたっている。警察はどの程度動いているだろう。いたずら電話とは判断できなかったはず。さっき外に来たという赤いライトの車は、機動捜査隊の覆面パトカーだったろう。とうぜん店の中で異常が起こっていることを察したのだ。しかもそれが人質事件らしいとなれば、無神経にこの店のエントランスには近づかない。だから戻った。応援を呼んでいる。いまごろはこの店周辺に大勢の警察官が配置されつつあって、状況をうかがっているところだろう。

ただ、と百合は思う。これは人質監禁事件にはちがいないが、犯人は冤罪事件の被害者だ。人質を取った理由は、当時の組織上の捜査責任者である県警本部長に直接謝罪させるためだという。謝罪要求それ自体には、共感できないわけでもない。あの事件については多少の情報も聞いているが、明らかに捜査過程自体が警察のミスだった。それも、起訴したあとにも富山県警はミスに気づいたはずだ。真犯人は別にいることを承知していたはず。なのにそれをしらばっくれて、けっきょく無実の中島に四年間もの服役生活をさせたのだ。

国家賠償請求訴訟で国が敗《ま》けたのも当然だった。

司法が警察の誤りを認め、国庫から賠償金を出している。つまり当時の県警本部長には、謝罪するだけの理由があった。しかし官僚機構の常として、誤りを公的に認めるようなことはしない。謝罪要求など頑としてはねつける。国家賠償請求訴訟の敗北自体も、腑《ふ》に落ちぬ言いがかりぐらいにしか見ていない。人間として直接自分に謝ってくれ、という中島の要求は、理解できないわけではなかった。ただ、それを人質を取ってまで求めてよいかとなると、話は別だ。警察官としては、それは犯罪であると対応せざるをえない。

百合が、烏龍茶《ウーロン》のペットボトルに手を伸ばしたときだ。ふいに中島が言った。

「お嬢さん、もう三十分もたったし、ぼくは次の手段を取ることにしました」

来見田牧子が、きりりと目を吊り上げて言った。

「返事がないのは、わたしのせいじゃない。父が、あれこれ考えているからよ」

「自分の娘が頼んでいるのに、そんなに考えることですかね」

「何をしようって言うの？」

「このこと、マスコミに公表します。ぼくが謝罪をお願いしているということ。なのに山科さんからは無視されているってこと」

「マスコミなんかに発表したら、あなたの犯罪が日本中に知られるのよ」

「違うと思うけどなあ。ぼくの無罪が、あらためて全国のひとにわかってもらえるんです。富山県警がミスしたことも、いま一度話題になる。ぼくは世間に、このことが間違いなのかどうか、聞いてみたいと思います」

来見田秀也が、妻を応援するように言った。

「このことをマスコミが知ったら、逃げるに逃げられなくなるぞ。いまならきみらは、何もなかったことにして、そっとここを出て行けるけど」

中島は秀也に顔を向けた。

「逃げるつもりなんてありません。悪いことはしていないんですから」

瀬戸口が、カウンターの端にあるスマートフォンを指さして浅海に言った。

「電話してくれませんかね。こういうことが起こっているんで報道してほしいって」

浅海が訊いた。

「どこに?」

「新聞社かテレビ局に。番号は調べて」

「人質監禁事件が起こっていると言っていいんですか?」

「いや、正確に言ってください。富山の冤罪事件で被害者になった中島喜美夫が、当時の富山県警本部長に直接の謝罪を要求しているって」

「人間として」と、中島が横から言った。

「人間として」と瀬戸口が繰り返した。「謝罪を求めている。元本部長の娘さんも、中島さんを支援しているって」

「わたし」と牧子は言いかけたが、口をつぐんだ。

支援などしていない、と言い切って、犯人たちを刺激することはないと考えたようだ。

浅海が牧子を見て訊いた。

「お父さんは、謝るつもりはないのね？」

「検討中ですって」と牧子。「キャリアなら、こういう問題は自分ひとりでは決められない。組織に関係することなんだから」

浅海は、自分のスマートフォンを手に取った。

浅海は瀬戸口に言った。

「こっちのテレビ局の記者を直接知ってる」

「何ていう局です？」

浅海は地元局のひとつの名を出した。

「きちんと伝えてください」

浅海はディスプレイを二、三度タップすると、スマートフォンを耳に当てて話し始めた。

「広田《ひろた》さん、浅海です。ごぶさたしています。いまいいですか？」

「ええ。事件の情報です。いまうちの店に、富山の冤罪事件の被害者、中島喜美夫さんってひとがきています。お友達と一緒に。ええ。その冤罪事件」

「中島さんが、当時の県警本部長だったひとに、直接の謝罪を求めてるんです。ここにきて、人間として謝ってくれと。その山科さんって、いま警察庁の刑事局長」

「いいえ、事件なんです。この店、乗っ取られてしまったの」言いながらちらりと瀬戸口を見た。瀬戸口は無言だ。止めようとしていない。「店には、じつはその山科ってひとのお嬢さんがいるの。きょうピアノを弾いてくれることになっていた」

「ええ。でも、出るのがちょっと、無理そうなの。怪我《けが》なんてしたくないし、残ったひとのことが心配になるし」

「ええ、通報はしている。警察はもうわかってる。記者クラブを通じて、道警本部に確かめてください。わたしから電話があったって」

「いいえ。これがもし冗談なら、わたし、離婚してあなたと結婚してもいい。冗談じゃないの」

「ええ。ええ。だからお願い。中島さんってひとのお願いを取り上げて。テレビのニュースでも。ネットの速報でも」

「ええ。あとで、何が起こったのかは詳しく話す。独占取材に応じるわ。いまは、できるだけこの件を広めてほしいの。全部のマスコミにね。早く解決するために」

「ええ。わかってる」

やりとりが終わりかけたとき、瀬戸口が言った。

「電話貸してください」

取り上げるのか、と百合は思ったが、違った。

スマートフォンを手にした瀬戸口は、耳に当てて言った。

「瀬戸口と言います。中島喜美夫さんの支援者です」

相手が驚いたようだ。瀬戸口は続けた。

「いま浅海さんが言ったこと、事実なんです。中島喜美夫さんのお願い、そちらも取り上げていただけませんか？」

「ええ。ぼくは支援者ですって。瀬戸口裕二」瀬戸口は自分の名をどう書くのか、一字ずつ教えた。相手は、もう完全にニュースとするつもりとなっているようだ。「そうです、四十歳。無職です。地元ですよ。函館《はこだて》の出身。函館北高校」

「いや、監禁なんてしてるつもりはありませんって。協力をお願いしたら、みなさん快く」

「もちろん自由に出て行けますよ。自由です。完全に。疑い深いんだな」瀬戸口が突然大声になった。「自由だってば！」

百合はその声の荒々しさにびくりとした。店の中も凍りついた。それは人質に対して向けられた激情ではなかったけれど、この男は切れる、という事実はわかった。この男はやはり危険だ。一見優男に見えるだけに、いったん切れた場合が怖い。この男の表層とはまったく違うキャラクターが現出するということだ。それがどんなものか、試してはならない。

それにいまの言葉、自由だ、と口にされたが、じっさいの意味はこうだ。出て行ってみろ、あとに残った者がどうなるか、わかってるのか。

あるいは、と百合は瀬戸口の横顔を見て思った。もしかしていま激情を見せたことは演技か？　人質たちを震え上がらせるために、彼は切れてみせた？

瀬戸口は、またスマートフォンに向かって言った。

「ねえ、あなた、ぼくたちをわざと怒らせようとしているのかな？」

口調はまたもとに戻っている。呼吸にも乱れはない。

「そうでしょうね。ここで派手な事件が起こったほうが、マスコミにはうれしい。だけど挑発しないでくださいね。ぼくたちはおだやかにやるつもりなんだから。ことを荒立てるつもりなんか全然ないんです。言っておきますけど、あんたがそういう口ぶりでぼくらを挑発してくると、ほんとにそうなってしまうかもしれませんよ」

百合は確信した。これは演技だ。いまの言葉、聞かせる相手はこの場の人質たちだ。電話の相手の記者ではない。人質を脅している。

「そうなんです」と瀬戸口は、なんとか平静になろうとつとめている、と感じさせる声で言った。「とにかく中島さんのお願いを、日本中に広めてくださいよ。それがほんとにそんなに突拍子もないお願いなのかどうか、国民に聞いてもらいましょうよ」

いったん瀬戸口の言葉が切れた。瀬戸口はわずかに微笑した。切れないように、とか、なんとかやってみるとか、瀬戸口をなだめる言葉があったのだろう。

瀬戸口はスマートフォンを浅海に差し出した。

「戻してくれって」

浅海がスマートフォンを受け取った。

「はい、わかった？」

「ええ。ええ。そう」

「いいえ、そうじゃない。ええ、そうなの」

相手の記者は、いくつか質問をしているようだ。イエス、ノーで答えることができるような質問で。たぶんこの店の中の状況についてだ。じっさいに店は乗っ取られ、浅海たちは監禁されているのかどうか。危険なのか、ほんとうに人質は自由に出てゆけるのか。

「お願いね」と、浅海は口調を変えて締めて、スマートフォンでの通話を終えた。

浅海は通話を切ると、スマートフォンをまたカウンターの上に置いた。瀬戸口がうなずいた。ものわかりがいいですね、とでも言ったような顔で。瀬戸口はその白いスマートフォンを滑らせると、ほかの携帯電話のそばに寄せた。

由香がとつぜん立ち上がり、母親と祖母に言った。

「トイレ行ってくる」

人質たちはみな犯人たちに目を向けた。それは許してもらえるの？　自由に使わせてくれるの？

中島が由香に目を向け、微笑した。

「いいよ。場所はわかる？」

「わかる」と由香。

由香はカウンターとテーブル席とのあいだの通路を駆けて瀬戸口の脇をすり抜けた。女性用トイレは、エントランスの風除室の内側左手にある。向かい側が男性用だ。もし由香がその気になれば、彼女は風除室のドアを開けて外に飛び出してゆける。たぶん瀬戸口はもう風除室のドアを内側からロックしているはずだが。

人質たちの誰もが、同じことを考えたようだ。みなが由香を注視した。由香は風除室のドアには目をくれることもなくトイレのドアを開け、中に入ってばたりとドアを閉じた。

百合は、由香が出てくるまで耳を澄ました。やがて由香はドアを開けて、ドレスの腰のあたりを直しながら、いましがたまでいた席に戻ってきた。この間、水を流す音は聞こえなかった。八歳なら、トイレの使い方は知っているはず。水洗の音は外には漏れない造りなのだ。トイレに入れば、もう一台のケータイ、スマートフォンのほうで外と連絡が取れる。

佐伯は、百合がスマートフォンを持ち始めたと知っている。なのにいままで着信はない。うっかりかけて、スマートフォンまで犯人の手に渡すまいという配慮だろう。香里にも同じことが指示されているはず。スマートフォンは、このまま取り上げられなかった場合、こちらから発信するときにだけは使える。トイレなら、通話できる。その機会を待って、この状況をなんとか詳しく伝えよう。

牧子が、ハンドバッグに携帯電話をすっと落とし入れてから立ち上がった。

「わたしもいいのね」

瀬戸口が言った。

「どうぞ」

歩きかけた牧子に、中島が後ろから言った。

「あ、電話するんなら、お父さんに、早く札幌に来るように言ってください」

まったく皮肉も感じられない調子だった。牧子がトイレでこっそり電話することを当然と考え、それを止めるつもりもないという声。

「まだ飛行機には間に合うと思うんです。乗れば、きょうじゅうに謝ってもらえますから」

牧子は少し顔を赤らめて中島を振り返った。

「電話していいんですか？」

中島は笑みを見せて言った。

「他人が聞いていないところのほうが、話しやすいでしょ。どうぞ」

「そのとおり、言います」

牧子は大股《おおまた》に通路を歩いて、トイレに入った。瀬戸口は、ほんのかすかに彼女が風除室のドアに手をかけないか、警戒したようだった。牧子の背を凝視した。しかし牧子も、脱出など試みることなく、トイレに入った。

指揮車の中で、長正寺が図面の説明を聞き終えた。一階の住宅部分から二階の店舗部分へは、内階段で行くことができる。厨房の奥に出ることができるのだ。厨房のドアは、階段室から施錠できる。ただし厨房側にバリケードのようなものを設けられた場合、開閉は容易ではなくなる。その一階の住宅部分も、当初はオーナー夫婦がそこに住むつもりだったというが、坂道を上がりきった先の住宅だ。不便過ぎて、いまは住んでいないと聞いているという。オーナーが鉄道模型の趣味を持っており、いまはもっぱらその模型を走らせるために使われているのではないかとのことだった。

外階段は、ブリッジの脇にある。風除室の外側だ。風除室のドアは内側からロックされるが、キーは浅海の亭主から手に入れることができる。店の中から、このスチール製の階段は死角になっている。ブリッジからの突入は窓から把握される。機動捜査隊員をもしエントランス側におかねばならないとしたら、その場所として適当なのはこの外階段だった。

建物は陸屋根《ろくやね》。外階段を使えば、屋根に上がることができる。特殊部隊の突入が必要な場合は、屋根から窓へ、窓ガラスを割って一気に突入、という作戦は取れるとのことだった。もちろんそれは、機動捜査隊が手を引いてからの検討事項だ。

佐伯が見ていると、長正寺はヘッドセットを使って捜査隊員に指示した。

「津久井、滝本。そこを猪田《いのだ》たちと代われ。お前たちは、建物の外階段、出入り口のすぐ外を受け持て。入口のキーを手配する」

ノイズまじりに津久井の声が聞こえた。

「了解」

長正寺が佐伯と香里に顔を向けて言った。

「これから交渉に入る。すまんが、後ろのクルマで待機してくれ」

「交渉はあんたが？」

長正寺が顎《あご》で佐伯の後ろを示した。

「いや、うちの苦労人がいる」

長正寺と同年輩か、白髪を職人ふうに刈った中年男が立っていた。なるほど、額には深い皺《しわ》、腫《は》れぼったい目で、口元は微笑している。酸いも甘いもかみ分けたという顔立ちの男だ。機動捜査隊のベテランなのだろう。

「田村《たむら》だ」長正寺が言った。「うちの交渉人だ」

佐伯は香里と一緒に退いて、田村と紹介された男を指揮車の中に入れた。

高野淳平は、桜井の横でモニターを覗《のぞ》き込んだ。

楠木善男のホームページ、そのリンク先の日記代わりの短い近況報告のツイート・ページだ。もちろん秘書が、楠木本人に代わって、それらしいことを書いている。固い国政報告とはちがい、他愛《たわい》のないことが話題の中心だ。楠木に言わせるなら、支持者に親しみを持ってもらうためには、私生活の些事《さじ》を語るのが効くのだ。先生、ではなく、おらが親爺《おやじ》、おらが大将だと意識してもらうために、できるだけ支持者の生活に重なるキーワードを盛り込む。相撲、野球、オリンピック、ときには大衆的な食べものや酒場、食堂の話題。ときにさりげなく、大物感を演出する話題も入れる。公表して問題ない場合の、政財界の実力者との会食、同席のことなど。

そのつぶやきに対して、支持者がコメントすることもできた。十件に一件ぐらいは悪意ある書き込みだが、それもたいがいは無害だ。放っておいても、読んでいる支持者たちはむしろそうした書き込みに強く反発する。よりいっそう強く楠木の支持者となる。

そのページ、最新の書き込みは昨日のもので、野球の対抗戦に興味があるのだと、楠木は書いていた。というか、書いたことになっていた。

そのつぶやきふうの日記に対するリツイート。コメントがついている。

「先生、こんどお寿司よろしくお願いします。ラ・ローズって店のワインもおいしいそうですよ」

発信者は、それまで高野の見たことのないユーザー名だった。

カサキスタンの狐

どきりとする語だ。楠木善男はこの国のレアアース利権の独占を狙う商社と組み、この国の首都改造計画を外務省のODA事業とすることに成功した。当然ながらその巨額事業費の一部は、この国の大統領の秘密銀行口座に入る。商社は採掘権を手にし、日本カサキスタン友好協会の会長に収まっている楠木の秘密口座にも、キックバックがあった。次の総選挙で、自分の子飼いの候補者二十人を当選させられるだけの金額だ。

もちろん外国政府からの寄付、秘密の選挙資金の提供を受けたことは、違法である。楠木は政治生命を絶たれる。かつてソ連から政治資金の提供を受けていた自民党国会議員が、その発覚のおそれが出たときに自殺したほどの大スキャンダルである。

この男は、その事情まで知っている。知っていての強請《ゆすり》だ。

「三億円貸して欲しい」

あくまでも断れば、どう出るか。楠木善男の娘もからんだ人質監禁事件。ほんとうに無関係なのだろうか。

発信時刻は、午後の六時五分前だった。

若い桜井が、不安そうな顔で高野に言った。

「さっきの先生とのやりとり、何かトラブルが起きているんですね？」

高野は、少しためらってから、楠木善男が教えてくれた一件を話した。愛娘《まなむすめ》の浅海奈津子の店が乗っ取られたこと。犯人たちが誰でどんな要求をしているかということを。

桜井が言った。

「偶然ですね。お嬢さんが人質になったことと、この脅迫とは関係があるはずがない」

高野は、桜井の甘い読みに首を振って言った。

「このコメントを見てみろ。わざわざお嬢さんの店の名を出してる。店で何が起きたか、この男は知っているんじゃないか？」

「ワインがおいしいってだけです」

「ラ・ローズと先生との関係、一般人にはわからない。家族や先生の私生活に詳しい誰かがいるんだ」

「先生の私生活に詳しい男なら、秘密口座のことじゃなくても、あの芸能人のことで強請ってくるんじゃないですか？」

「口を慎め」と高野は桜井を叱《しか》った。「口にしていいことと悪いことがある」

「すいません」と桜井は首をすくめた。「だとしても、店の乗っ取り犯人たち、顔ばれしてるわけでしょ。強請やってくる男が、顔ばれするような犯罪やりますか？」

「本命はこっちなんだろう」

「そうなのかなあ。警察におまかせして、大丈夫なんじゃないですか。いままでこういう事件で、人質に被害が出たなんてことありました？」

高野は、小さく首を振った。若い桜井には記憶はないかもしれないが、三十年くらい前に大阪で猟銃を持った男が銀行を襲った事件があった。あのときは人質になった行員たちのうち、何人が犠牲となったのだったか。当然楠木善男もいま、それを思い起こしたはずだ。前科のある犯人たちが絶望的になったとき何をするか、それを想像している。突入を早まるなと、道警の刑事部長に電話するというのは、あの大阪の事件のような最悪の展開を恐れているからだ。

胸が苦しくなった。高野は深呼吸してから桜井のデスクの脇に目をやった。きょう届いた郵便物がまとめられている。中に、クラフト紙の封筒がひとつ。楠木善男札幌事務所宛《あて》だが、郵便物ではなかった。切手は貼られておらず、消印もない。直接届けられたものか？

「それは？」と高野は訊いた。

桜井はきょとんとしてデスクの脇に目をやってから、その封筒を取り上げた。

「まだ中身見てませんでした」

桜井が封筒をひっくり返した。差出人の名は書かれていない。

「あれ、郵便物と紛れたのかな。ポスティング業者が投げ入れたのか」

「業者なら、宛て先を書くか。中を、早く」

桜井がペーパーナイフで封筒を開け、中から白い紙を取り出した。ただのコピー用紙だ。

プリントアウトされた文字が印字されている。

「お貸しいただける三億円。いますぐクルマに積んでください。ホームページに注意。了解なら、寿司を食べるとツイート。ラ・ローズの閉店前に」

高野はプリントアウトを三回、四回と読んだ。

要求は具体的になった。刻限も定められた。ラ・ローズの閉店までに、というのは、あの店の通常の閉店時刻のことだろうか。それとも、いま起こっているという人質監禁事件の解決前に、ということだろうか。

高野はプリントアウトを桜井に渡してから言った。

「お嬢さんの件は別にしても、こいつはこれだけのことを知ってる。対応を間違えると、まずい」

桜井もプリントアウトを読んでから言った。

「はったりですよ。強気に出ているだけじゃないですかね。だいいち、警察が捜査すれば、ネットの書き込みも、この封書を投函《とうかん》していった人間もすぐに割り出されるでしょう」

「何度も言わせるな。絶対に警察沙汰にはできないことだ。強請られたと届けた瞬間に、先生の政治生命はなくなる」

高野は自分の携帯電話を手に取った。

「もう一度ご報告だ」

「なんと？」

「無視しないほうがよいのではと。一回目を無視したらこういう事態で、期限を切られたんだ。次にやることも予測できる」

「お嬢さんの件は、偶然以外に考えられません」

「そのことを利用できる人間なんだぞ」

桜井は、ぎょっとしたような目を高野に向けてきた。

「もしかして、これって警察関係者の仕業だとおっしゃったんですか？　事件の発生を知って、使ってきたと」

高野は桜井のその読みにも驚いた。

「それは考えなかった。そういうことか？」

「いえ、ただ高野さんの言葉で思いついただけです」

「警察関係者にこのカネのことが知られているとなれば、いよいよ危ない。先生は自殺に追い込まれるぞ」

「道警だって、そんなに知っているはずはないです」

「道警じゃなくて、東京地検特捜部なら？」

桜井の顔が青くなったように見えた。

高野は携帯電話で楠木に電話した。

「先生、こっちに新しい脅迫状です」

楠木が絶句したのがわかった。

来見田牧子がトイレから出てきた。長電話だったようだ。五分、あるいはそれ以上の時間、牧子は店に出てこなかった。

瀬戸口が牧子に訊いた。

「お父さん、どうでした？」

牧子は、鼻で笑ったような顔になった。

「立場上、謝罪に行くのは無理だ。その気持ちはわかると伝えてほしいと」

中島がそれを聞いて首をかしげた。

「その気持ちって、何のことです？」

「謝罪して欲しいと要求する気持ちのことでしょ」

「気持ちをわかってくれるんなら、謝ってくれたらいいのに」

「立場があるんですって！」

金切り声だ。百合は瀬戸口の反応を窺《うかが》った。牧子は極度に緊張している。平静を保つことが困難になっている。そして緊張は、その場の者に伝染する。ここで犯人たちまで平静さを失ったら、予測できないことが発生する。なんとか牧子を静めなければ。

百合が立ち上がろうとしたとき、山科早苗がさっと腰を上げた。実の母親として、娘をなだめようとしてくれたようだ。彼女にまかせておこう。

牧子たちの席で、由香がしくしくと泣き始めた。

そのとき、厨房の中で電話が鳴り出した。

その音はまるで、砲弾が炸裂《さくれつ》したときのような音に聞こえた。店の電話だから、音量はごく控えめに設定されているようだ。でも、緊張した店の空気をいきなり引き裂いた。百合でさえ、ぎくりとした。店内にいる者はみな、厨房の奥に目を向けた。

浅海が大股に通路を歩き、厨房の中の調理台から受話器を取り上げた。ワイヤレスの子機だ。

「はい、ラ・ローズです」

浅海の顔が、ふっと持ち上がった。

「警察?」

百合は思った。いよいよ交渉開始だ。機動捜査隊をはじめとして、警察はこの店の包囲を固めた。必要とあらばいつでも突入できる態勢となったのだ。技術的にそれが容易かどうかは別として、とにかくいま店は機動捜査隊員に囲まれている。

浅海が受話器を耳から離し、中島に渡しながら言った。

「中島さん、あなたにです」

「警察ですか?」と中島。

「ええ。道警の田村っていうひと。中島さんとお話ししたいって」

中島が瀬戸口にいちど目を向けてから、受話器を受け取った。

「中島です。……いいや、ちがいます」

相手が何と言っているのかはわからない。

中島は、ていねいな言葉づかいで応《こた》えている。

「そうです。ぼくはあの事件で逮捕された中島喜美夫です。ええ、そうです。山科本部長にね」

「だって、電話は取り次いでもらえない。手紙にも、返事はこないんです。自宅はわからないし。だから娘さんを通じて、お願いを伝えてもらおうと」

「いや、協力してもらっているだけですよ。みなさん、協力してくれています。山科さんがここに来てくれたら、みなさんも喜ぶと思いますよ」

「関係ないひとたち、って言うけど」中島の声が少しだけ不服そうになった。「ぼくがあの事件とどんな関係があったんです？　全然関係ないのに、犯人にされてしまって、刑務所に入ったんですよ。それを謝ってもらいたいだけです」

「おカネなんかのことじゃない。国からたくさんいただきました。謝ってほしいんです。責任者だった山科さんに、心から」

「期限？　ただ、こういうことって、早いほうがいいですよね。ぼくは釈放されてから二年以上もお願いしてきた。そろそろ限界だと思う」

「きょうじゅう？　ああ、それが一番ですよね。ここに来てもらって、頭を下げてもらえばそれで済むんです」

「人質？　ちがいますって。ぼくはみなさんに事情を説明し、みなさんが協力してくれている」

「脅したりしていませんよ。ぼく、ぼくら、何も持っていないんですよ。刃物も、鉄砲も」

「ぼくともうひとりです。ああ、瀬戸口さんですか。ぼくよりずっと若いけど友達です。刑務所で、ぼくの話を聞いて、ぼくを応援するって言ってくれてるひとです」

「代わりますか。いいですよ」

中島は受話器を耳から離すと、瀬戸口に言った。

「警察の田村ってひと」

その口調はまるで、自分の同僚を身内に紹介するときのようなものに聞こえた。

瀬戸口が受話器を受け取って耳に当てた。

「道警の田村さん？　偉いひとなんですか？」

「機動捜査隊の主任って、それってたぶん平の職員さんですよね。管理職が出てこなくて、話になるのかなあ」

「一任？　じゃあ、わたしたちのお願いを聞いてもらえるかどうか、田村さんと話せば解決するんですね？」

「いや、いちいちお伺いを立てるんなら、直接誰か責任者と話したほうがいいなあ」

「わたしですか。瀬戸口です。瀬戸口裕二」瀬戸口は自分のフルネームを漢字で相手に教えた。「本名ですよ。中島さんとは、千葉刑務所で一緒だった。ひどい話だなあと、ぼく、中島さんを応援することにしたんです。友達です。友達だと思ってください」

「交渉相手？　だから、中島さんですよ。口下手なひとだけど、もう話は通じたでしょう？　丸め込んだりするようなら、ぼくが横から口を挟みますよ。こんなに大事なことなんですから」

「はい。だから中島さんが言ったとおりのことです。元富山県警本部長の山科さんに、ここにきて心から謝ってもらいたいということ。期限？　こんな非常手段まで取ってしまったんですから、早く解放してくださいよ。きょうじゅう。飛行機はまだ飛んでいるでしょう。羽田八時半の飛行機で、間に合うじゃないですか。ええ、でもこれは要求なんかじゃない。お願いです。ひととしてのお願いです」

「人質なんていません。みなさん、中島さんに同情して、ここにいてくれているんです。解放？　だから、みなさん個人の意志ですよ」

竹中光男が、突然大声を出した。

「個人の意志じゃないだろ！　出ていいなら、わたしは出るぞ」

「あ、すいません」と瀬戸口は竹中に目を向けて言った。「おひとり、騒ぎ出したひとがいるなあ。いやだなあ。せっかくこのお店の中、いい雰囲気だったのに。みんな気持ちがひとつになっていたのに」

竹中光男が立ち上がった。夫人の久美子が、そのスーツの裾を強く引っ張った。

「あなた、ここで大声上げなくても」

「だけど」と竹中。

「警察がもう来てるのよ。すぐ交渉してくれる。出してくれる。待てるでしょ」

「いつ出られるか、そういう問題じゃない。こいつらの言いなりになっていることが、我慢ならないんだ。お前は黙ってろ」

久美子がふいに立ち上がった。表情が一変していた。目が激しく吊り上がっている。

久美子は竹中を見上げると、ほんの少しのためらいも見せずに、竹中の頰を張った。ぴしゃりと、大きい音がした。

「お黙りなさい」と久美子が厳しい調子で言った。「座っていなさい!」

竹中は頰を押さえたまま、呆然《ぼうぜん》とした顔だ。最初、何が起こったのかさえわからなかったのかもしれない。まばたきしている。口が何か言いたげになんどかぱくぱくと開いた。

久美子がもう一度言った。

「座りなさいって」

竹中は頰から手を離すと、椅子に腰を下ろした。しぶしぶという印象ではなく、ごく素直と見える様子だった。

久美子は店の中をちらりと見渡した。全員がふたりを注視していた。久美子は少しばつが悪そうな表情を見せてから、自分の腰を下ろした。

瀬戸口が受話器にあわてて言った。

「あ、いや、なんでもないんだ。店の中でお客同士が、手を出したりして。いや、そんな暴力ってほどのものじゃないですよ。ちがう、ちがう。お客同士。ぼくらは何もしていませんって」

「うん、だから、何度も言うけど、お願いはシンプルなことです。それがすめば、みなさんにご協力いただいたお礼を言って、ぼくらは店を出ますよ」

「承知です。ひととして当然のお願いとはいえ、お店の営業妨害をやってしまったわけですからね。ええ、逮捕されることは覚悟してますよ。というか、そのつもりですよ。いわば最初から捨て身です」

「ね、埒《らち》があかない。責任者に伝えてください。いちばん簡単でいちばん安全でいちばん時間がかからない解決は、山科元本部長がここで中島さんに謝罪することです。そのとき、テレビ・カメラとかあったほうがいいかもしれませんね」

「ええ。お店のひとが、テレビ局のひとに電話してましたよ。あ、なんかヘリコプターの音みたいのが聞こえてきましたね。あれかな」

「いったん切りますよ。とくに何もいりません。うるさいなあ。いらない。何もほしくないって」

「あのねえ、あんたぼくたちのことを勘違いしている。おカネなんか要求してるんじゃない。ぼくたちは強盗じゃない。わかってもらえたんじゃないんですか」

「しつこいようなら、この電話、切りますよ。使えないようにしますよ」

「ええ。いい返事を待っています」

瀬戸口は受話器を浅海に返した。

警察との最初の交渉が、どうやら終わったようだ。小島百合は思った。やりとりの中で、機動捜査隊に属する交渉人は、事態の把握につとめた。監禁犯の数、所持する武器。人質の数。正確な要求内容と、期限を。これから機動捜査隊は対応を検討する。どんな場合であれ、犯罪者の要求を受け入れることは最後の取り引きということになるが、この場合は早い段階でそれが検討されるかもしれない。警察の面子《メンツ》がかかっており、警察庁はおいそれとは受け入れられないだろうが、面子のためにもし人質に危害が加えられた場合、非難は犯人にではなく、警察庁に向く。警察庁はそれをどう判断するかだ。原則を取るか、犯罪者の要求を呑むという柔軟姿勢で臨むか。

小島百合はちらりと腕時計を見た。

午後七時五分前になっていた。そろそろ日没だ。本来なら、窓の向こうには、照明の入り出した市街地がきれいに見え始めるころあいである。

ヘリコプターの音がたしかに聞こえている。道警のぎんれい号だろうか。それともどこかの放送局あるいは新聞社のものか。それともいくつかエンジン音が重なっているのか。まだ音は遠くだ。それが単数なのか複数なのかもわからなかった。

山科早苗が立ち上がった。瀬戸口に顔を向けて、トイレを指さしている。行ってよいかと許可を求めている顔だ。瀬戸口がうなずいた。

山科早苗は携帯電話を持っていたろうか。いたとして、彼女はどこに電話するのだろう。自分の亭主である山科邦彦にだろうか。立場なんて忘れて謝罪に飛んでこいと。ちょうど竹中久美子が自分のわからずやの亭主を一喝して黙らせたように。いや、山科邦彦と夫人の早苗との関係はよくわからない。娘はかなり気が強く育っているようだが、早苗はどうだろう。高級官僚の妻となれば、従順にかしずくのがあたりまえになっているか。しかしいくら従順で亭主を立てる女であろうと、いまは自分や娘や孫が人質なのだ。なんとか謝罪にきてくれと懇願するかもしれない。

山科早苗が瀬戸口の脇を通りすぎるときに、瀬戸口が訊いた。

「携帯電話お持ちですか？」

「いいえ」と早苗が答えた。

「じゃあ、あとで娘さんのケータイ借りて、ご主人を説得してください。頭を下げれば解決することなんだから」

「ひとつうかがいますが」と早苗は瀬戸口を真正面ににらんで言った。「もしうちのひとがきょうじゅうに謝りにこなかった場合、あなたがたはどうなさるおつもり？」

言葉づかいは丁寧だが、ずいぶん尊大に聞こえる物言いだった。あるいは完全に相手を見下しているとわかる調子。小島百合はかすかにおののいた。瀬戸口はこの口調に、逆上しないか？

瀬戸口も、一瞬とまどったようだ。顔に不快の翳《かげ》が走った。

「考えたことはなかったな」と瀬戸口は、平板な調子で言った。「拒まれるなんて想像しなかったもの」

早苗がなお瀬戸口を叱るように言った。

「社会人ならみんないろいろ都合があるんですよ。きょうのきょうで、札幌まで飛んでこれるわけがない」

瀬戸口が、中島に声をかけた。

「中島さん、謝ってもらえないなんて想像してなかったね」

中島が、あ、うん、とあわてた様子で反応した。

「考えてなかった。こんどこそ通じると思った」

「謝ってもらえなかったら、どうする？　山科本部長の奥さんに訊かれたけど。奥さんに代わりに謝ってもらう？」

山科早苗が顔色を変えた。

「わたしに何の関係があるんです？」

「中島さんのことを考えてください。まったく関係のない事件で刑務所に入れられたんですよ」

「わたしのせいじゃない」

「だから、ご主人に謝ってほしいとお願いしているんです」

「ひとには立場ってものがあります。警察の下っ端のひとが何か間違いしたからといって、どうしてトップが責任を取らなきゃならないんです？　あなたがたの言ってることは、世間じゃ通用しません」

瀬戸口が、少し大げさに口を開けた。とんでもないことを聞いたという顔だ。

「中島さん、いまの聞いた？」

中島が言った。

「うん。じゃあ、このことでは誰もぼくに謝ってくれないのかな。ぼくは無実の罪で四年間刑務所に入っていたのに」

「とんでもないよね」と瀬戸口。「馬鹿野郎、ひとの人生どうしてくれるんだ、って怒鳴りたくなるよね」

脅迫だ、と百合は感じた。要求が通らない場合、自分たちは人質に対して何をするかわからないよと言っている。中島の意志ははっきりしないが、少なくとも瀬戸口はそのつもりがある。ぶち切れてやるよ、と。彼がぶち切れやすいことは、さっきの激昂《げきこう》ぶりでもわかる。あれが演技だったとしても、そのお芝居を彼は脅迫に使えるだけの男だ。

山科早苗は蒼白《そうはく》のまま言った。

「わたしには、何の責任もないから」

「ええ、そうですね」瀬戸口が、自棄《やけ》にも聞こえる調子で言った。「誰にも何にも責任はない。誰もこの場をなんとかしようとしない。いいですよ。ぼくはそれならそれで」

「どうなさるおつもり?」

「知ったことですか。あんたに関係ない。早くトイレに行ってきたら」

瀬戸口は顎をしゃくってトイレの方向を示した。

山科早苗は唇をかんで、トイレに入っていった。

店の中の雰囲気が重くなった。いまの山科早苗と瀬戸口とのやりとりで、要求が通らない可能性が出てきたのだ。その場合、何が起こるかわからなくなってきた。自分たちが最初に感じた恐怖と不安は、現実のものになるかもしれない。人質の誰か、あるいは全員への暴力。絶望と怒りからくる、暴力の暴発。この場は、かなり危険なものになってきた。


楠木善男は、新しい脅迫状が届いたことを伝える高野淳平からの電話を切ると、五分間考えた。

強請の要求は具体的であり、相手はかなり楠木善男の政治生活と私生活について、情報を握っているとわかった。高野は、もしかすると警察関係者による脅迫なのかもしれないとも言った。あるいは東京地検特捜部とか。そうでなければ、楠木善男とカサキスタン政府との裏の関係についてまで情報を持っているはずはないと言うのだ。なにより、札幌の事務所の金庫には、いつ解散となってもいいよう、つい最近現金化されたカネが五億円少々入っている。脅迫状の文面では、犯人たちは、金額はともかく、そのことをおおよそ知っていた。三億円、という要求金額は、金庫にある額を正確には知らないことを意味するのか、それともこの程度なら出せるだろうという値引き金額なのか、判断がつかない。情報源をさとらせない工作なのかもしれない。そのことを知りうるのは、銀行関係者かODA事業で世話をしたあの商社の担当たちだが、ODA事業が警察の捜査二課や検察の関心を引く案件であることも事実だ。

警察か、検察関係者……。

楠木善男は、ここ数年消えたことのない不安を思い起こした。自分の政治活動がこの国のエスタブリッシュメントたちにとって目障りになったとき、連中はまずODA事業をとっかかりに楠木の政治生命を葬ろうとしてくるだろう。じっさい近年、それに近いかたちで足をすくわれた保守系政治家はひとりではないのだ。いま楠木善男は、小派閥のリーダーから政界再編成のキーパーソンのひとりとして語られるようになっている。目障りに感じてきた誰かの意を受けるか忖度《そんたく》するなりして、警察や検察の現場が動き始めたということはないだろうか。連中なら、銀行や商社関係者の事情聴取あるいは取り調べから、次の総選挙のための資金であるその裏金の存在を把握していてもおかしくはないのだ。

脅迫しているのは、警察か検察関係者かもしれないという高野の見方は、けっして荒唐《こうとう》無稽《むけい》ではない。じっさいに、警察や検察の内部の者が脅迫に出るとは考えにくいが、あるとしたらそれら捜査関係者にごく近い筋の者だろう。情報を耳にできるか、情報収集それ自体を引き受けた、元警察官など。それならば、高野の読みはありうる。

そもそもこのカネは、どういうことに遭っても、被害届けは出せない性質のものだ。つまり警察の周辺の誰かが強請を思いついたのだとしたら、楠木としては難しい決断を迫られることになる。突っぱねるか無視して捜査の対象となるか、素直に強請に応じて次の総選挙では子飼い議員の数を大幅に減らしてしまうかだ。政治生命を失う点では一緒だが、後者のほうがまだ再起の可能性は残される。しかし外国政府から政治資金を受け取っていたというスキャンダルが発覚しては、再起はありえない。政界から退場するしかなくなる。

となると、選択肢は事実上、ない。脅迫者にカネを差し出すしかなかった。現金三億円。札幌事務所の中型の金庫にはいま五億円のカネがぎっしりと詰まっている。運び込むとき、ジュラルミン・ケースが五個必要だったのだ。今回の脅迫状には、そのカネを何に詰めろ、あるいは梱包《こんぽう》しろという指示はなかったという。ふだん事務所にはジュラルミン・ケースなど用意していないから、あり合わせの段ボール箱でも使うしかないだろうか。

早まるな、と楠木はもう一度冷静になろうとしてみた。

娘の奈津子の店で起こった人質監禁事件との奇妙すぎる符合については、高野の解釈には無理がある。事件が起こってから警察関係者が思いついた犯罪だとしても、こんな短時間で脅迫を実行に移すことは不可能だ。事件発生からこの瞬間まで、まだ一時間少々しかたっていない。そのあいだに、この人質監禁事件を利用して脅迫状が書かれた？　脅迫のプランが練られた？　無理だ。やはり、この点については、偶然だと考えるしかない。だいいち脅迫者は、娘の店の名は知っていたが、そこで何が起こっているかまでは把握していない。娘に何かあると匂《にお》わせてもいない。偶然だ。

楠木は壁の時計に目をやった。高野に少し考えると答えてから、もう五分が過ぎた。そろそろ結論を出さなければならない。

脅迫に応じる場合の合図は、インターネット上の自分のツイートというサービスを使えという。寿司を食べる、という文面がその合図だ。たぶんそれをツイートしたところで、犯人側からは現金をどのように、どこに運んだらよいのか、指示があるのだろう。

デスクに置いた携帯電話に手を伸ばしかけて、楠木は思いとどまった。

いくらなんでも、警察関係者や検察に近い筋の誰かが、こんな脅迫を思いついて実行するか？　もし楠木が、政治生命を失うならもろともと何もかも告白したとき、脅迫者も確実に逮捕される。もし脅迫者もしくは共犯者が公務員であるなら、彼も失職するのだ。リスクが大きすぎる。楠木が自棄になることはないと、犯人たちは確信できるはずもない。脅迫者が警察や検察に近い筋の人間であるはずはない。

だとしたら、突っぱねる、という選択肢は、ほんとうにありえないか？

楠木善男は携帯電話を取ると、着信履歴からもう一度娘の奈津子に電話した。その後、焦《じ》れるように待っていたが、奈津子からの再度の電話はない。奈津子が安全かどうか、解放される見通しは立っているのかどうか、知りたかった。ただ、犯人たちを刺激してはと、こちらからかけるのはこらえてきたのだ。道警の刑事部長にも直接電話したが、その後彼からも道警の担当者からも一切連絡はない。限界だ。

奈津子の安全が確認できて、数時間内に解決する見通しがあるとわかるのであれば……。それであれば、脅迫者に対しては、こちらのリスクを想定することなく時間稼ぎもできる。

しかし電話はつながらなかった。

おかけになった電話番号は電波の届かないところにあるか、電源が入っていないためかかりません……。

奈津子の身は安全なのだろうか。

ふと思った。犯人たちは、謝罪要求がどうしても聞き入れられないとき、奈津子を利用してはこないだろうか。犯人たちも、人質の中に国会議員の実の娘がいると知ってしまったのだ。現にさきほどは娘を通じて口利きを頼んできたではないか。そのとき奈津子は、たまたま居合わせた部外者ではなく、取り引き材料になりはしないか。脅迫の対象は奈津子になりはしないだろうか。

楠木は秘書の高野の携帯電話番号を呼び出した。

「はい、先生」と、指示を待ちかねていた声。

「脅迫の件だ」と楠木は言った。「無視しろ。返事はしなくていい。まだまともに取り合うような段階じゃない」

「はい」

高野のその返事は、少し意外そうであった。

4

長正寺が現場指揮車両から降りてきた。クリップボードを手にしている。そのうしろにちらりと、交渉人である田村の姿が見えた。ヘッドセットを耳からはずしたところだった。

長正寺が佐伯に合図したように見えた。ちょっと来てくれと。佐伯は横にいる村瀬香里も促して、指揮車に近づいた。

「要求は、聞いていたとおりだ」と長正寺は言った。「いまのところ、裏の要求もない。カネも、ほかの服役囚の解放もだ」

佐伯は確認した。

「元富山県警本部長の謝罪、それ一点ですね」

「そう、期限はきょうじゅう。つまり」長正寺が腕時計に目を落とした。「あと五時間」

「人質を解放する気は？」

「人質だと認めていない。中島に協力しているだけだという言いぐさだ。出る自由はあるのだと」

「でも、誰も出て来ない」

「威圧している。出られるというのは口先だけだ。威圧的な言動はあるはず。それを店の中で見せつけている。じっさい、電話中に客同士でトラブルがあったようだ。詳しくはわからないが、出るか出ないかということじゃないか」

「人質のストレスがかなりたまっているということですね。どうされるんです？」

「監禁の一一〇番通報が二件もあったんだ。ぐだぐだやっていないで、突入しようかと思う。左右は広い窓ガラスだ。両側からフラッシュバンを使って突入できる」

フラッシュバンとは、欧米で対テロリスト作戦用に開発された照明弾だ。強い閃光《せんこう》で、犯人たちの目を少しのあいだきかなくする。突入作戦などの場合に使う、いわば定番のツールと言ってよかった。

「窓ガラスは三層だが、破壊は難しくない。ただ、客と犯人の位置がわからない。小島百合からは、何か連絡は入っていないのか？」

「いません。彼女も身動きできない状況なのでしょう」

「犯人が強調しているほど、中はのどかじゃないな。お前……」

長正寺の言葉をさえぎって、指揮車の中の捜査員が呼んだ。

「係長、本部からです」

本部系無線が入ったようだ。

長正寺はすぐに指揮車に戻っていった。

山科早苗が、洗面所から出てきた。ほんとうに携帯電話は持っていなかったのだろう。顔にはまだ恐怖を残したままだ。ほかの人質たちを見渡した。いま洗面所にゆこうという様子の者はいない。百合はバッグを持って立ち上がった。

瀬戸口が百合に目を向けてきた。

「いいでしょ」

「どうぞ」と瀬戸口は言った。笑みを浮かべているように見えたが、目は油断なく百合の全身に走った。この女は何だったかと自問しているような目だった。そういえば、まだ彼は百合がなぜここにいるのか、ほかの人質とはどういう関係なのかも知らない。人質たちの中にも、百合が何者なのか、怪訝《けげん》に思っている者がいることだろう。

百合は洗面所に入った。手前に、洗面台のあるスペース。奥がトイレットだった。つまりドアは二重だ。

便器は洋式で、シャワー・タイプのものだった。百合はバッグからまず名刺入れを取り出した。中には、北海道警察本部札幌方面大通署生活安全課と、百合の勤め先と所属が記してある。さらに、首から吊るすタイプのＩＤカード・ホルダー。壁の上に、小さな作り付けの棚があった。百合は名刺入れとＩＤカードをその棚の奥に隠すと、ついで買ったばかりのスマートフォンを取り出した。

便座に腰をかけ、村瀬香里の番号を呼び出してから、トイレに水を流した。

香里はすぐに出た。

「お姉さん！」

驚いた声だ。

百合は早口で言った。

「佐伯さんに言ってくれた？」

「ええ。いまここにいる」

「どこなの？」

「そのお店の近く。機動捜査隊と一緒」

「そこに佐伯さんもいるの？」

「ええ。お姉さんのことを心配している。大丈夫？」

「大丈夫」

「中の様子がわからないので、機動捜査隊はどうしたらよいか困っている」

百合は素早く事態を想像してから言った。

「三分後にまたかける。その通話を、佐伯さんたちとモニターして。わたしは一方的に話す。話に口をはさまないで。いい？　わかった？」

「聞くだけなのね。わかった」

「三分後。間に合う？」

「たぶん」

通話を切ると、百合はスマートフォンをハンズフリー設定とした。まだ一度しか使ったことのない機能だが、うまく使えることを祈ろう。百合はスマートフォンをIDカード・ホルダーの中に収めた。次いで上着を脱ぎ、ホルダーを左肩にさげて、スマートフォンが脇の下にくるように位置を調整した。さらにホルダーに付いていた安全ピンをはずし、これでストラップがずり落ちないようシャツに留めた。

上着を着てもう一度水を流してから、百合は村瀬香里との通話をオンにして、洗面所へと出た。


楠木善男は、ためらいを振り切った。やはりいまが、その相手に電話をかけるときだ。腕時計で時刻を確かめてから、携帯電話のアドレス帳から、ひとつの登録番号を呼び出した。これまでほんの数度しかかけたことのない番号。自分の初当選以来二十四年かけて培ってきた人脈の中のひとりだ。自分がこの次この番号にかけるときは、自分の政治生命が危機にあるときだ、とは決めていた。そのときの最後にかける電話がこの番号だろうと。

道警の刑事部長と同じキャリア官僚ではあるが、組織は別で、ポストはずっと上だ。持っている権力の大きさが段違いであるだけに、かけることには慎重にならざるを得ない相手だ。へたをすると、相手も自分のキャリア人生をかけて応対しなければならないのだし。

通話ボタンを押し、音声通話を選択して、つながるのを待った。

コール六度目で、相手が出た。

「これは先生」少し抑えた声。そばにひとがいるのだろう。

「教えてほしいことがあってな」

相手は、話題に見当がついたようだ。

「このままちょっと待っていただいてかまいませんか」

「ああ」

他人の耳がない場所に移動するのだろう。十五秒ほどでまた相手の声が出た。

「どういう案件です？」

癖も、訛《なま》りもない声。国会の法務委員会で、延々と無内容な話題を、すぐにはそれとは気づかせずにしゃべり続けることのできる声。ただし、まだ低めだ。完全に無人の場所というわけではないのだろう。ひとのざわめきも聞こえてくるし、何かのパーティの会場だろうか。

「わたしのことだ。わたしは、いま捜査対象か？　それを確認したい」

相手は絶句したようだ。質問が直截《ちょくせつ》過ぎたかもしれない。しかし、事実を明快に答えてもらうには、この質問は遠回しであってはならなかった。

相手は言った。

「はい、いいえ、だけでお答えするのでかまいませんか？」

「もちろんだ」

「お願いします」

「わたしは、特捜部の捜査対象だろうか。何か聞いているか」

「いいえ」と、相手は答えた。

「最近わたしのことが、役所の中で話題になったろうか」

「いいえ」

「外務省ＯＤＡ事業は、最近話題になったか？」

「いいえ」

「何ひとつ話題になっていない？」

「はい」

「警視庁でもしわたしが内偵対象になったら、あんたの耳には入るだろうか」

「はい」

「でも、聞いていない？」

「はい」

「北海道警の事情は知っているか？」

「いいえ」

「あたってもらうことはできるか」

相手の返事は少し遅れた。

「はい」

「すぐにしてもらえるか」

「はい」

「一時間待つのでいいか」

「はい」

「電話を待つのでいいか？」

「いいえ」

「わたしがかける」

「はい」

「頼む。誰かが、わたしの失脚を狙っているような気配があるんだ。あんたの力が必要だ」

相手は、これで打ち切りましょうと言うように、きっぱりとした声になった。

「はい」

楠木善男は通話を切った。

少なくとも、国策捜査が行われているわけではないとわかった。となると、可能性はずっと低くなるが、警視庁か道警の現場が動いて、関係者の中に事情を知る者が出てきているということだが。

楠木はもう一度腕時計を見た。いま午後七時十分。次に自分が電話するのは、八時十分過ぎだ。

指揮車の中で、長正寺が首を振った。何か難しい指令が出たのかもしれない。長正寺のいかめしい顔が、いっそう厳しいものになった。

手にしていたマイクを無線機のフックに引っ掛けて、彼は車両の外に出てきた。

佐伯が長正寺を見つめると、長正寺は首を振った。

「突入は早まるなってことになった。様子を見る。刑事部長の命令待ち」

「どういう意味です?」佐伯は首を傾《かし》げて訊いた。「現場判断じゃまずいってことですか?」

「楠木善男からの電話が効いたのかな」

「娘が電話してきたということでしたね。警察庁に働きかけろと、父親に言ったと」

「慎重にやれ、とか、人命最優先とか、口出しをしてきたのかもしれない。キャリアの刑事部長が、はいさようでございますねと返事するとも思えないが、人命最優先ってのは、キャリアが何か決断したくないときの理由にはなる」

「つまりそれって、人質は実質的に山科刑事局長の娘ではなく、楠木の娘ってことになりませんか」

「いいや」と長正寺は首を振った。「犯人たちの狙いは、あくまでも山科局長の娘だ。もうひとつ。犯人たちの要求は山科局長にまで届いた。警察庁からの指示。犯罪者の要求は一切呑まない。局長は、札幌に行って謝罪するようなことはないと。道警本部が責任もって解決にあたるようにとのことだそうだ」

ひとりの制服警官が駆け寄ってきた。大通署地域課の警官だろう。この坂道の下で、通行の規制にあたっているはずである。

「なんだ？」と長正寺がその制服警官に顔を向けて訊いた。

制服警官は、困ったような顔で答えた。

「下に新聞社と放送局が来ています。現場が見えるところまでゆかせろと」

「危ない、駄目だと追い返せ」

「聞きません。新聞社のほうは、うちは道警とは手打ちしたんだ。だから取材にも協力しろと」

長正寺が佐伯をちらりと見た。

「何か、それは、もう不祥事追及はしないことにしたんだから、見返りに特別の取材便宜をはかれってか？」

「よくわかりません」と制服警官。

「犯人を刺激する。駄目だ」

「かしこまりました」

制服警官が坂道を駆け下りてゆくと、指揮車のうしろにいた村瀬香里が白いスマートフォンを手にして言った。

「お姉さんから」

佐伯は思わず大きな声となった。

「小島から？　中からか？」

香里がうなずいて言った。

「すぐまたかけ直す。モニターして、佐伯さんと聞いてくれって。黙って聞くだけ」

「どういう意味だ？」

長正寺が言った。

「中にいるんだろう？　実況してくれるって言うんじゃないのか？」

佐伯は香里に訊いた。

「できるのか？　犯人たちの前で？」

「トイレにでも入るのかもしれない」

長正寺が香里に言った。

「貸してくれ。こっちのアダプターにつなぐ」

香里がスマートフォンを長正寺に手渡した。

「酒井《さかい》」と、長正寺はすぐにこれを、指揮車の中にいる若い隊員に預けた。

酒井と呼ばれた隊員が、いまこの指揮車両の中での電気系、通信系の技術担当なのだろう。酒井は小型のヘッドセットも三組、アダプターに接続して、長正寺に渡した。長正寺がこれをひとつ頭に装着し、佐伯と田村にも着用するよう指示した。

佐伯のうしろで声があった。

「ぼくにも、貸してもらえないでしょうか」

新宮だった。佐伯は振り返った。

「もうない。我慢しろ」

「佐伯さんのヘッドホン、一緒に聞かせてください」

佐伯はその様子を想像して顔をしかめた。

「むさ苦しい刑事たちがやることじゃないぞ」

「どうしても聞きたいものですから」

「ノイズだ」と長正寺が言った。「入るぞ」

佐伯はヘッドホンの片側を自分の左耳に当てた。新宮が自分の顔をそのヘッドホンに近づけてきた。

小島百合は、通路をもといた席へと向かいながら、いま瀬戸口の足元にある黒いバッグを観察した。旅行かスポーツ用の頑丈そうなもので、中には何か形状のはっきりしたものがさまざま詰まっているようだ。さっき置いたときの音から想像するに、何かしらの機械、電気製品、それに大型の工具類だろう。銃器類があればそれを見せていたはずだから、銃器が隠されているということはない。でも、要求が通らない場合、このショルダーバッグの中身にものを言わせるつもりのはずだ。そうでなければ、わざわざこんな重そうなものを持ち込んだりはしない。つまり、威嚇のレベルを上げられるだけのものが、中に収まっている。刃物なり、まがまがしい工具なり、あるいはもしかして手製爆弾。

瀬戸口が、興味深げな顔で、小島百合を見つめてくる。何か質問したそうだ。質問に答えるかたちなら、自分が次にやろうとしていることは自然に見える。

「え？」と百合は足を止め、瀬戸口に顔を向けた。

瀬戸口が訊いた。

「あんたは、どういうお客なんでしたっけ。浅海さんとか、山科さんのお友達？」

百合は左肩を少しだけ後ろに引いて答えた。

「いいえ。どちらとも関係はないです」スマートフォンのマイクはたぶん自分の声を拾ってくれるだろう。「お店の客。きょうピアノを聴かせてもらうつもりでした」

「お仕事は？」

「公務員です」

「どんな仕事なの？」

とっさに答えた。

「道の」

北海道の、という意味に受け取ってもらえたなら、ありがたい。嘘ではないのだ。北海道警察本部、と職場名を全部正確には言わなかっただけだ。

相手は、勝手に北海道庁職員と思ってくれたようだ。

「ずいぶん落ち着いているね」

「そうですか?」百合は少しひやりとするものを感じつつ言った。「怖くて、声も出ないんですけど」

「ぼくたちが怖いですか? 何も暴力はふるっていない。みなさん、このとおり全員一致で協力してくれて、ぼくたちもすごく感激しているんです」

「でもあなたたちは男ふたりだし。突然やってきて、入り口と厨房《ちゅうぼう》のほうを塞いで、わたしたちは身動きもできない」

「塞いでなんかいませんよ。あんたもいまトイレにいったじゃないですか」

「でも怖い。暴力をふるわれるんじゃないかと。たしかにあなたたち、刃物も棒も持っていないけど、おふたりの重そうなショルダーバッグも気になります」

「誤解があるなぁ」と瀬戸口はおおげさに首を振った。「中島さんとぼくが事情を話したじゃないですか。山科さんの娘さんも、お父さんに謝ってもらうと協力してくれている。この場の一体感が、ひとの心を動かそうとしているんです。あとほんの少しだと思いますよ」

「その元本部長に頭を下げさせるために、これだけのひとが一体感を持つ必要があります？　子供だけでも外に出してあげたらどうですか？」

「あの女の子だけ？」

瀬戸口が由香に目を向けた。由香が、あたしのこと、と言うように目を丸くした。

牧子が言った。

「あたしだって、解放してもらうわ。母親ですから」

中島が牧子に言った。

「あなたには、お父さんを説得してもらわなければならないんです。ここにいていただけませんか」

それまでずっと大人しかった来見田秀也が言った。

「子供をひとりだけ出すってわけにはゆかない。ぼくが連れてゆく」

牧子が怒鳴るように言った。

「秀也さん！」

秀也が牧子に顔を向けた。

「だって、子供ひとりだけ出すわけには」

「何よ。あなただけ助かりたいの」

「由香のことが心配だから」

「出るときはわたしも一緒でしょ」

「それが無理なら」

「無理だったら、あなたもいてよ」

両親のやりとりを聞いて由香が泣きだした。

百合は言った。

「子供が泣きだしてしまった。この子にはもう限界よ。出してあげて。大人たちは、協力するから」

瀬戸口が言った。

「少し考えさせてくださいよ」

彼はちらりとカウンターの上の携帯電話に目を向けた。何か連絡でも待っているのか、誰かに電話したいような素振りと見えた。

百合はまた瀬戸口に訊いた。

「このまま山科さんが謝りにこなかったら、わたしたちはどうなるんです？　あなたがたはどうするつもりなの？　ここで籠城《ろうじょう》？」

瀬戸口が中島に訊いた。

「そうなったらどうします？　中島さん」

中島は困惑した様子で言った。

「こんなにこじれると思わなかったね。娘さんがお願いすれば、必ず謝ってくれると思ってた」

百合は中島の言葉を繰り返した。

「こじれるとは思っていなかったって、この先のことは考えていないんですか?」

瀬戸口が言った。

「どうしたらいいのかな。途方に暮れますよね。警察はどう考えてるのかな」

「警察はどうって?」

「お願いを突っぱねて、ここで押し問答を続けるつもりなんだろうか。水とか電気とかも切ってしまって」

「水や電気を止められたら、わたしたちはもっと不安になる」

「ぼくもですよ。パニックになるかもしれない」

「パニックに」

それは懸念を口にしたようには聞こえなかった。むしろ彼が言った意味はこうだ。パニックになるまで追い詰めるなよ。追い詰められたら、何をしでかすかわからないぞ。

瀬戸口は、小さく溜め息をついてから言った。

「あんたはもう席に戻って」そして牧子に顔を向けた。「お嬢さん、もう一回、お父さんに電話して。きょうのうちにここにきて謝ろうと思ったら、あまり時間はないはずです。時間稼ぎなんて、しないほうがいいと思うがなあ」

百合は自分の椅子に戻ると、瀬戸口に背を向け、上着の内側に手を入れて、スマートフォンの通話を切った。通話の相手側からの音声がどの程度のものか、心配だった。聞かれて取り上げられるわけにはいかない。切っておくのが安全だった。

ノイズが完全に消えたところで、佐伯たちは顔を見合わせた。

長正寺が田村に、店の図面を示して言った。

「男ふたり。厨房側と出入り口」

田村が言った。

「人質の位置がはっきりわかりません。拾った声で判断すると、あいだの席に集められているようですが」

長正寺は、佐伯に顔を向けて言った。

「どうやってスマートフォンをごまかしたものやら。小島百合、やるな」

「引き抜きたいか？」と佐伯は訊いた。

「うちに女性枠があればな」

田村が、自分で使っていたクリップボードを長正寺に見せた。やりとりのメモのようだ。

佐伯はそのメモをのぞきこんだ。

聞こえてきた百合の言葉が書き留められている。

「小島。店の客。道庁職員と誤解？　怖い」

「男ふたり。入り口と厨房を塞ぐ。凶器を持たず。刃物、棒なし。二人ともショルダーバッグ」

「子供を解放しろ。家族内輪もめ？　子供泣きだす」

「こじれることは想定外。パニックになるかも」

田村が言った。

「子供の泣き声は、犯人たちのストレスになります。泣き止ませようと、暴力を使うかもしれない。いよいよ早期解決しなきゃあ」

「まったく」と長正寺。「まったくの捜査ミス、というか、犯罪と言っていいくらいの冤罪ケースだぞ。元本部長が頭下げるくらい、警察庁も認めていいだろうに。自分の娘家族が人質になっているってのに」

佐伯が黙っていると、長正寺が言った。

「何か疑問でもありそうだな」

佐伯は長正寺を見つめ返して言った。

「ええ、ちょっと」

「言ってくれ」

「この事件、謝罪しろって言う中島喜美夫の要求と、この人質事件とが、何か釣り合いが取れないように思うんですが」

「晴れて釈放になって以来、ずっとそれを言ってきたんだろう?」

「人質監禁事件を起こさねばならないほどの要求でしょうか。軽犯罪じゃありませんよ」

後ろで新宮が言った。

「三カ月以上七年以下の懲役」

佐伯が驚いて新宮を見つめると、彼は肩をすくめて言った。

「いちおう法学部卒です」

「それにしても」

「巡査部長試験目指してますから」

長正寺が言った。

「中島は、もう一回刑務所に入ってもいいという覚悟でやっているということか。せっかく無実が証明されて出られたというのに」

田村が言った。

「小島の電話でも、ふたりは凶器類を手にしていない。出入り口を塞いでいるだけです。他人の行動の自由を妨げる、軽犯罪法違反で収まるかもしれません」

「出入り口を」と新宮がまた言った。「塞ぐという行為だけで、監禁罪が成立します。凶器を持っているかどうかは、要件ではありません。脅迫があれば十分です」

田村が言った。

「小島の電話でも、脅迫にあたる言葉が出ていない。協力を頼んでいるだけだ。それを繰り返している」

新宮が言った。

「でもじっさいには誰も外に出られない。監禁罪はすでに成立しています」

佐伯が新宮の顔を見て言った。

「じっさいに公判になったらどうだ？　中島はカネを要求しているわけじゃない。謝罪しろという、世間受けのすることを求めているだけだ。無実の罪で四年間刑務所に入っていた男だ。同情も集まる」

「世間が同情しても、監禁事件には判事も厳しくあたるでしょう」

「事件の要素は、判事の心証に影響するぞ。地検も軽犯罪ですませるかもしれない。あるいは、地検が監禁罪で起訴したとしても、執行猶予がつく」

長正寺が言った。

「中島がそこまで計算してやってるとすると、そうとうなタマだ。何の利益にもならないことなのに」

「何の利益にも」佐伯は、事件の概要をいま一度思い起こしてから言った。「ならなくても、中島喜美夫にとっては自分のことだ。切実な願いだと言える。だけど、もうひとりの男のほうは、何をやってるんだ？」

「瀬戸口」と長正寺が言った。「千葉刑務所で中島と知り合って、同情した」

「同情だけで、こんな犯罪を？　監禁罪になるかもしれないって言うのに、本名も顔もさらして、共犯になったのか」

「主犯は中島喜美夫だ。彼は国家賠償請求訴訟で勝った。相棒を雇うカネぐらいある」

「その瀬戸口ってやつの身許《みもと》、前歴、もっと詳しくわからないかな」

「瀬戸口裕二。千葉刑務所にいたことははっきりしている。本部では照会しているんじゃないか」

佐伯は訊いた。

「次の手は？　こういう監禁事件の場合、電気や冷暖房を止めるというのがセオリーだと聞いたような気がするが」

「いまはやらん。やれば、店にいる全員に被害者意識が生まれる。連帯感ができる。そうはさせない。店の電話で、中島とコンタクトを取る」

坂道の下のほうで、声が上がった。

「戻れ！　駄目だ！　行くな！」

男たちの靴音が聞こえる。何人かが駆けているようだ。

長正寺が指揮車両から降りて、坂道の下に目をやった。

機動捜査隊の私服の隊員が駆け上がってきて長正寺に報告した。

「新聞屋とテレビ局が、抜け道をみつけて上がっていってしまいました」

「そんなものがあるのか？」と長正寺。

「ラ・ローズを見渡せる場所に出られるみたいです。この下の家の住人がそう言っていました」

「そこも塞げ」と長正寺が指示した。

指揮車両の中から、酒井が言った。

「テレビ・ニュースです」

佐伯は長正寺と一緒に指揮車両の中のテレビ受像機を視た。

スタジオで、男性アナウンサーが原稿を読み上げている。

「……中島喜美夫さんは、無実の罪で四年間服役していましたが、真犯人が見つかったため釈放され、再審で無罪が確定しました。当時から富山県警の当時の本部長に対して心からの謝罪を求めていましたが、実現していません。この事件に対して、警察庁はいまのところノーコメントの姿勢を貫いています」

画面が変わって、地元タレントの顔の大映しになった。隊員が音声を絞った。

長正寺が言った。

「最初から、中島に、さん、づけだぞ」

佐伯が言った。

「人質監禁犯だけれど、むしろ被害者の扱いだ」

「マスコミは、警察庁にもプレッシャーをかける。謝罪しないのかと」

田村が訊いた。

「警察庁は山科に謝罪させますかね。そうなればわたしの役割は、とにかくふたりをそれまで暴発させないことになりますが」

長正寺は首を振った。

「警察庁は、謝罪要求なんて呑まない。むしろ道警に、早く解決しろと発破をかけにくる」

長正寺の携帯電話が震えた。

「何だ？」と長正寺。部下からのもののようだ。

長正寺はいらだちを見せて言った。

「発表は本部がやる。規制は地域課にまかせろ」

長正寺は携帯電話をポケットに戻して言った。

「マスコミだ。坂道の下にまた二社やってきたそうだ」

祭りになりそうだ、と佐伯は思った。

その場に立ったままの村瀬香里と目が合った。彼女も不安げだ。

「心配ない」と、佐伯は香里に言った。「あんたが助けられたときのことを思い出せ。小島は切り抜ける。解決してくれる」

新宮が、同意するというようにうなずいた。

佐伯は時計を見た。

午後七時三十分を過ぎていた。

由香の泣き声が収まった。いまは、牧子の胸に顔をうずめて、鼻をすすっているだけだ。

小島百合は、店内を見渡した。中島は、いつのまにかピアノの横、厨房の入り口の前にスツールを置き、腰掛けている。貧乏ゆすりをしていた。視線は、カウンターの上のいくつもの携帯電話の上に据えられている。謝罪するという返事がないことに、焦《じ》れているようだ。

瀬戸口は、店の入り口近く、カウンターのスツールに腰掛けていた。斜め掛けしたショルダーバッグは、膝《ひざ》の上に置かれている。

瀬戸口の左手には、携帯電話。じっとディスプレイを見つめていた。何か音声が聞こえているので、テレビを見ているのかもしれない。彼の携帯電話は、いわゆるワンセグ携帯なのだろう。

人質のほかの面々は、みな無言だ。誰の顔にも、いっときほどの恐怖や緊張はなくなっているとはいえ、険しいことは共通だった。ウエイトレスの水島彩は、不服そうだ。なぜ自分がこんな目に遭わなければならないのか、納得できないという表情だった。たぶんその不服は、雇い主である浅海奈津子に向けられている。百合が気がついてからいままで、彼女はずっと奈津子と視線を合わせていない。

外の様子はどうなっているのだろう。

百合は外から何か意味ある音が聞こえてこないか、神経を耳に集中させた。機動捜査隊員たちはそろそろ建物の死角に取りついているころである。外階段を使って、屋根に上った者がいてもおかしくはない。あるいは扉や窓ガラスを破壊するための大型機械の動く音。しかし、はっきりと聞こえるのはヘリコプターの音だけだ。

いましがた、村瀬香里の携帯電話とやりとりした中身は、そばにいるはずの佐伯を通じて、機動捜査隊に伝えられたはずである。自分は必要十分な情報を伝えられただろうか。監禁犯は男ふたり。凶器は所持していない。重そうなショルダーバッグ。店の入り口と厨房側とに分かれて、人質たちを制圧している。

謝罪要求が突っぱねられて、事態が膠着《こうちゃく》するなり、解決が長引くなりすることは予想外だったと見える。そろそろ監禁犯たちも苛立《いらだ》ってきており、パニックになることが懸念されている。監禁犯のひとりも、それを認めていた。その言葉自体が、脅迫であるが。

携帯電話のディスプレイを見つめていた瀬戸口が顔を上げ、浅海に言った。

「いまローカル・ニュースでやってた。ここのことがテレビには速報で出たね。山科さんが謝罪するかどうかはわからない。警察庁はノーコメントだってさ」

浅海が訊いた。

「ニュースでは、あなたたちのことは報道された？　謝罪要求のことも」

「もちろん。地元のアナウンサーの口ぶり、何か中島さんに同情的でしたよ」

中島が顔を上げて、微笑した。

「やっぱりぼくたち、そんなに無茶なことをお願いしていないですよね」

人質たちに同意を求めるような顔。

竹中夫人が、小さくうなずいたように見えた。

瀬戸口が浅海に言った。

「お父さんにもう一回電話してみたらどうです？　お父さんから警察庁を説得してもらえるなら、解決も早いと思うんですけど」

浅海が訊いた。

「電話、いいんですか？」

瀬戸口は、念を押すように言った。

「お父さんにね」

浅海は通路を歩き、カウンターの上に置かれた携帯電話の中から自分のスマートフォンを取り上げた。

店の中の者すべてが浅海を注視した。浅海がスマートフォンの電源を入れ、相手を呼び出すまで二十秒ほどの時間がかかった。

浅海の父親だという国会議員、楠木善男は、すぐに電話に出たようだ。

「お父さん」と浅海は言った。無意識なのか、浅海は話しながら人質たちに背を向ける姿勢となった。「ええ、まだ続いてる。店の中。みんなここにいて、山科ってひとの謝罪を待ってる。ニュースを聞いたけど、警察庁はノーコメントなんですって？」

少しの間があった。国会議員の楠木善男が、何か経緯でも説明しているようだ。浅海はなんども、ええ、ええと言いながらうなずいている。

「でもね、お父さん。ここはもう限界。中島さんってひとのお願い、そんなに無理なことでもないと思うの。警察庁だって、なんて非人情なんだとマスコミに叩《たた》かれたくないでしょ。どうか警察庁の偉いひとたちにわかってもらって。ここでもし不測の事態が」

浅海はいったん言葉を切って、中島に目を向けた。中島は、あわてた様子で激しく首を振った。不測の事態など起こすつもりはないと言ったように見えた。

「ええ、わからない。警察をたくさん繰り出して、その必要もないのにおおごとにしてしまったら、かえって心配。いま、中島さんたちはとても紳士的に振る舞ってくれている」

誇張だ、と百合は思った。いや、そもそも紳士的なのではない。ただ、粗暴に振る舞ってはいないというだけだ。要求はたしかに共感できる範囲のものだが、人質を取って監禁するというだけで、この犯人たちは常軌を逸しているのだ。ただ、たしかにそれを電話で正確に伝える必要はない。犯人たちを刺激しない言葉で、事態が切迫してきていることを相手に知らせればよい。

浅海は続けた。

「お願い。わたしは大丈夫。いまのところはね。でも、こんなことになっているんだもの。怖いわ。とても怖い」

瀬戸口が右手を伸ばし、手のひらを下に向けて振った。もうやめなさい、という指示かもしれない。

浅海が瀬戸口を見つめてから、言った。

「ごめんなさい。お父さん、長電話はできない。これで切るわ」

浅海は携帯電話を、カウンターのもとあった位置に戻した。

中島が訊いた。

「どうでした?」

浅海が、中島に顔を向けて言った。

「警察庁には電話したそうです。道警本部にも、強行手段を取るのは最後でいいと伝えたと言っています」

「じゃあ、もう少し待てば、謝罪してくれるのかな」

それはナイーブすぎる判断だ、と百合は思った。官僚機構が、そうそう簡単に自分たちの過ちを認めて謝罪したりしない。ましてや、人質事件の発生からわずか一、二時間で、彼らが謝罪要求を呑むことはない。ひと晩明けて、ワイドショーが沸騰したあとになって初めて、彼らは謝罪という選択肢を検討し始める。

百合は不可解に思った。中島喜美夫という男は、少し世間知らず過ぎないか。素朴過ぎないか。こんな大胆な事件を実行するにしては。

瀬戸口がこんどは牧子に声をかけた。

「お嬢さん、お父さんにもう一回電話してくれませんか」

意外にも牧子は、ハンドバッグから素直に携帯電話を取り出した。由香は牧子の腰に抱きついたままだ。

牧子は携帯電話を顎《あご》ではさみ、由香の頭をなでながら話し始めた。

「お父さん、どうなっている？　もう羽田に向かっているんでしょうね？」

「え、だって、事情はもうお父さんもわかっているんでしょ？　わたしたち、監禁されているのよ。凶悪犯ふたりに」

中島が、ちがいます、と言うように首を振った。

「どうして？」と、牧子は厳しい調子で言っている。「役所の立場っていうけど、監禁されてるわたしたちはどうなるの？　それに、わたしは娘よ。お父さんの奥さんも孫も、ここにいるのよ」

「わからない。お願い、早く解決して。解放して。お父さんがここにきて、中島ってひとに頭を下げればすむことなのよ」

「でも、お父さん、いまならその冤罪事件のことは、富山ローカルの話ですんでいる。これが長引いたら、その捜査のミスのことも責任者が誰かってことも、全国に知られるのよ」

「ええ。地元のニュースではもうやってるみたい。どんなくだらない要求なのか、ニュースで伝わってるのよ」

牧子の言葉の間が空いたときに、瀬戸口が言った。

「ぼくらも、困ってるって、そう伝えてください。おだやかにお願いしたつもりなのになあ」

牧子が憎々しげに瀬戸口をにらんで言った。

「このひとたちも、困ってる。ええ、まだ何もされていない。だけど、いつまで続くかわからないわ。あっちだって人間だもの、感情の動物なんだから」

また少し間。

「え」と、牧子が驚いた声を出した。少し芝居がかっても聞こえる声。「それ、このひとたちに言っていいの？　そのとおり、そのまんま」

山科邦彦が、犯人たちを罵《ののし》る言葉でも出したのだろうか。中島も瀬戸口も、目をみひらいた。

「いいえ、無理。明日の朝まで？　無理だってば。無理よ。絶対に」

牧子が通話を終えた。

人質たちも、中島たちもみな牧子を見た。山科邦彦はいったいどういう言葉で、娘の懇請に応《こた》えたのだろうか。

牧子は中島と瀬戸口を交互に見て言った。

「役所ってのは簡単には動かないそう。もう夜だし、明日朝いちばんから、関係者が集まって検討することになるだろうって」

中島が訊いた。

「ぼくらのことを、何ですって？」

「何でもありません」

瀬戸口も牧子に訊いた。

「明日の朝まで待てって言うのが、お父さんの回答ですか？」

「父のじゃない。役所の。父だって、役人のひとりよ。役所にさからっては、何もできない」

「こじれてきたなあ」瀬戸口は溜め息をついた。「こんなふうになること、予想してはいなかったんだけど」

「どうするつもりなの？」

瀬戸口が牧子を見据え、薄笑いを浮かべた。

「気持ちを動かしてもらう方法を、考えますよ」

瀬戸口の言葉と表情に、百合は戦慄《せんりつ》した。脅迫の第二段階が始まるのか。

そっとほかの人質の顔を窺《うかが》った。浅海と、山科早苗、それに竹中夫人の頬が、少し青ざめて見えた。瀬戸口の言葉の意味に気づいたようだ。あとの人質は、気づいたかどうかはわからない。もちろん由香は、何もわかっていないだろう。さっき泣きだしたように、またあらためて、犯人たちの神経を逆撫《さかな》でするような行為に出るかもしれない。

やはり彼女だけでも、なんとか先に解放させるわけにはゆかないだろうか。両親が身勝手なことを言い出さなければ、それは可能なのだが。

機動捜査隊の次の犯人たちとの交渉では、それが最優先課題になる。

全国ニュースのあとのそのローカル・ニュースを見て、高野淳平は桜井成人《せいと》に顔を向けた。

「おおごとになってきたな。店が先生の実の娘の経営だってことも、マスコミはいずれ気づく」

桜井もテレビに視線を向けたまま言った。

「マスコミも、あまり細かなことまでは報道しないと思います。ただ、こっちの脅迫状の犯人たちが、そこにいるのがお嬢さんだとわかったら、もっと利用してきますよ」

「早く決めろと、ゆさぶりをかけてくるな。そこにいるお嬢さんの生命も、自分たち次第なんだ、というような」

「先生は、無視しろって指示でしたけど、わたしたちのほうが気が気ではありませんね」

高野は、事務所の奥の部屋に通じるドアに目を向けた。そこには高さ百二十センチほどの中型の金庫がある。ふだんは契約書とか、政治的な秘密の協定書、念書のたぐいを収めてある金庫だ。現金も、ふつうなら多いときで二千万円ほど。しかし先月に入って解散総選挙が視野に入ってきたとき、楠木善男は銀行の裏口座の預金を二度にわたって現金化し、この事務所に運びこんだ。最初に三億円。一週間後にさらに二億円だ。楠木善男はつぎの総選挙では、一気に自派の陣笠《じんがさ》代議士を倍に増やそうとしている。そのためには、政治資金規正法にも公職選挙法にもひっかからない、紐《ひも》のつかない現金が必要なのだ。

しかし、裏口座があることも、そこにあるカネがODA事業の見返りとしてカサキスタン政府から提供されたものであることも、どこか見知らぬ連中には知られてしまった。それがこんどの脅迫でわかった。脅迫者に対してへたな対応をすると、東京地検に密告される。あるいは週刊誌に。楠木善男の政治生命は危ういことになっている。

三億円。脅迫に応じて支払っても、金庫にはまだ二億円ある。脅迫者たちが把握していない現金ということだ。それが残るなら、脅迫には応じるしかないのではないか。

高野は桜井に顔を向けて言った。

「宅配便の段ボール箱、用意しておけ」

桜井が驚いたように訊いた。

「カネを渡すんですか？」

「そのときの用意だけは、しておこう」

桜井が、自分は納得できないが、という顔で立ち上がった。

指揮車両の中で、長正寺が腕時計を見てから、インターコムに向けて言った。

「配置を確認するぞ。滝本、津久井」

佐伯はいま、新宮と一緒に、車両のドア近くの折り畳み椅子に腰掛けている。店内にいる小島百合に何か動きがあった場合、あるいは通話があった場合、その意味や言葉の微妙なニュアンスがわかるだろうと、長正寺にこの場にいるよう求められたのだ。

香里は外の覆面パトカーの中だ。周囲はもうかなり暗くなった。指揮車両の後方、藻岩山山麓《さんろく》の斜面の向こうに、札幌中心部の夜景が見えた。

佐伯の耳に、津久井の声が聞こえた。

「外階段、踊り場、着いています」

長正寺はそのあと、ひとりひとり名前を挙げて、用意はいいか訊いていった。すべての隊員が、長正寺に指示された場所に着いて、次の展開を待っていた。ラ・ローズの直方体の建物全体が、十二人の捜査員によって完全に囲まれている。ただし、すべて二階店内の窓からは死角の位置だ。一階の扉の内側、二階の厨房に通じる内階段の下にもふたり。ブリッジを見渡す駐車スペースにも四人配置されていた。

通常、私服勤務で拳銃を携行する機動捜査隊員たちは、当然ながらいつでも拳銃を使用できる態勢である。また、いまは全員が防弾ベストを着用していた。もちろん突入は刑事部長の命令待ちということにはなったが、不測の事態が起こったときにこれに対応することまで制限されたわけではない。長正寺はすでに隊員たちに、人質の生命が危険にさらされたときは現場の判断で突入、人質を救出すると伝えていた。

長正寺が言った。

「繰り返すが、中の女性警官からの情報で、犯人はふたり、店の入り口側と厨房入り口側にひとりずつだ。凶器は持っていない。ただし、ふたりともショルダーバッグを持っている。これに凶器が入っている可能性はある。

人質九人は、店の中央に集まっている。中にひとり、八歳の女の子がいる。

これから田村が、この子を先に解放するよう犯人側と交渉する。以上だ。指示を待て」

そこまで言ってから、長正寺が田村を指さした。

ヘッドセットをつけた田村が、目の前の携帯電話を取り上げた。その携帯電話は、ケーブルで目の前の本部系通信機に接続されている。やりとりは通信司令室でもすべて聞くことができる。田村はボタンを三回押した。番号はすでに登録ずみである。先ほども一度かけた店の固定電話だ。

佐伯は、田村の言葉に意識を向けた。

相手が受話器を取った音。田村が名乗って言った。

「中島さんを」

女性の声がした。

「ちょっと待ってください」

店のオーナーの浅海奈津子だろう。中島を呼ぶ声、それに雑音があって、やがて男の声。

「中島です」少し高めの声だ。緊張している。「どうなりました？」

「中島さんの要求は、道警を通じて警察庁に伝えています。まだ回答はありません」

「ぼくは、きょうじゅうに謝って欲しいのに。そんなにおおごとにするつもりはないんです」

「あまり急すぎることなので、あたふたしているのでしょう。中島さんの要求が伝わったのは、つい一時間ぐらい前なんですから」

「ぼくはいきなり、何の心の準備もないままに逮捕されて、そのまま刑務所でしたよ」

「お気の毒です。ほんとうに辛《つら》かったことと思います。それで中島さんにご相談なんですが」

「相談？」

「いまわたしたちも警察庁と、山科元本部長からの返事を待っているところですが、時間が長引くことも考えられます。そのお店の中には、子供さんがいますね。女の子」

「ええ。山科さんのお孫さんですね」

「その女の子を、店の外に出してあげませんか。その子は、たぶん何も事情もわからないまま、怖がっているんじゃないかと思います」

「ぼくは」少し声が途切れた。受話器を押さえて、もうひとりと相談しているのかもしれない。「ぼくはそれでもいいんですが、さっきお嬢さんとそのご主人も、一緒に出ると言い出したんです。お嬢さんまでいなくなったら、山科さんにこちらのお願いを伝えてくれるひとがいなくなる。それじゃあ困るんです」

「どうしてもお母さん、つまり山科さんのお嬢さんのことですが、出してあげるわけにはいきませんか？」

「山科さんがきてくれるまで数時間だけ、一緒にいてほしいんです」

「子供には、母親が必要です。ひとりだけ出すというのは、逆に心細いでしょう」

「取り調べを受けているあいだ、ぼくには誰の付き添いもなかった。無実だったのに」

田村の反応は、一瞬だけ遅れた。

「小さな子供なら、心細いのはなおのことですよね」

「わかります。ぼくもわかります。ぼくは出してあげたほうがいいと思ってますよ」

「じゃあ、女の子、店から出してあげましょうよ」

「ちょっと待ってください」

また音声が聞こえなくなった。中島が受話器を塞ぎ、従犯のほうと相談しているのかもしれない。

佐伯は、不思議に思った。

ぼくは、出してあげてもいいと思っている……。

相談。

中島が、女の子は人質には不要と思っているのなら、出せばいい。この程度のことを、もうひとりと相談しなければならないのか。従犯のほうが、場馴《ばな》れしているのか？　たしかにいまの声を聞いても、中島喜美夫という男は、あまり世間ずれしていない人間のように感じる。よくいえば純朴で、人質監禁事件などを起こしてうまく立ち回れる悪党とは思えない。こんなことを発想できたこと自体に、意外感がある。

また中島の声が聞こえてきた。

「女の子を出してあげたいけど、ここでまたお母さんお父さんがいろいろ言い出したら、困ってしまうんですよ。どうしたらいいかな」

「この電話のやりとり、ご両親は聞いています？　もちろんわたしの声は聞こえていないでしょうけど」

「ぼくが話していることは、聞こえていますよ。聞こえているそうです」

「おふたりに、こう話してあげてください」田村の言葉はゆっくり明瞭《めいりょう》なものになった。

「早い解決に向けて、警察が動いています」

中島が繰り返した。

「早い解決に向けて、警察が動いています」

「まず、お子さんだけ、店から出しましょう」

「まず、お子さんだけ、店から出しましょう」

「お子さんは、警察がすぐ保護します」

「そこまでです」

「そこまでです」と中島はその言葉まで繰り返した。

「いかがですか?」

「あ、おふたり、それでいいって言ってます。いいんですね?」

「では、店から出してあげてください」

「あ、表の橋の前にクルマを停《と》めてしまったんだ。子供ならなんとか、隙間《すきま》から出られるかな」

「橋を渡ったところに、警察官を待機させます」

少しの間。

「警察のひとには、そこにはいて欲しくないな」

「外は暗いし、誰かが待っていてあげないと」

「婦人警官はいないんですか」

田村が長正寺を振り返った。機動捜査隊には女性警官は配置されていない。しかし、いまから女性警官をこの現場に呼ぶと、せっかくの子供を解放する機を逸する。

長正寺がうなずいた。条件を呑むと。

田村が言った。

「女性警官を待たせます。女性なら、建物のすぐ外でもいいですね」

「入り口の外ってこと?」

「ええ。橋が始まってるところ」

「いいですよ。婦人警官はひとりですね?」

「ひとりだけで、女の子を迎えます。すぐにも出してもらえますね」

「ええ」

「足元が暗いといけない。橋をライトで照らしますよ」

また少し間が空いた。

「いいですよ。切ります」

「五分後でいいですか」

「五分後ですね。はい」

切れて、かすかなノイズ。

田村が長正寺にまた振り返って言った。

「女性警官、応援を求めますか」

「時間がない」長正寺は佐伯に顔を向けてきた。「あの村瀬って女の子、協力してもらえないか。ブリッジの建物側で子供を迎えてほしいんだ。子供も、そこに女がいるなら、不安は少し消える」

佐伯は言った。

「ただの民間人ですよ」

「うしろに隊員をひそませる。危ない目には遭わせない。至急、頼んでくれ」

「私服でもいいんですね?」

「うちが、コスプレの趣味持ってると思うか」

佐伯はうなずいて指揮車両を降りた。たしかに、女性警官を呼ぶまで解放は待て、という対応はできない。こういうことは即刻受け入れなければならないのだ。それに、八歳の女の子をひとりだけ解放させるのだ。女性に迎えさせたほうがいいだろう。その場で女の子がパニックになってしまっては、店の中でも混乱が始まる。

指揮車両を降りた佐伯は、後ろに停まっている覆面パトカーに向かった。近づいてゆくと、後部席から村瀬香里が降りてきた。

「お姉さん、大丈夫?」と香里。

「大丈夫だ。頼みがある」

香里は、何でしょうというように頭を傾けた。

「人質の子供が解放される。八歳の女の子だ。店の外でその子を迎えて、手を引いて連れてきてほしい」

「わ」と香里の顔が輝いた。「それって、ほんとならお姉さんの役でしょ」

「ああ。まず危険はないと思うけど、ほんとなら市民にはやらせたくない。だけど、いまここには女性警官がいないんだ」

「やる。あたし、やる」

坂道の上のほうから、懐中電灯の明かりが近づいてきた。

街灯の下までくると、それは三十代の長身の男だとわかった。

「手伝ってくれる女性って？」

「あたしです」と香里。

相手の顔に一瞬とまどいが見えた。香里があまりにもふつうの女の子と見えたせいだろうか。

それでもその隊員は言った。

「子供が出てきます。一緒にきてください」

香里は、佐伯と新宮に手を振って、坂道を上っていった。


浅海奈津子が、通話を切って固定電話の子機をカウンターの上に置いた。

いまのやりとりは、機動捜査隊の交渉役とのものだったとわかる。来見田由香の解放について、話がついたようだ。

小島百合は、電話のやりとりの終わった店内を見渡した。

中島はカウンター席の中央あたりまできて通話していたが、いま瀬戸口に近づいて言っていた。

「婦人警官が来るって」正しくは女性警官だが、世間一般では婦人警官という呼称のほうがふつうだ。中島は続けた。「橋まで迎えにくる。照明もつくって」

「入り口のドアを開けるとき、中島さんもここにいてよ」

瀬戸口は言った。

「そうだね。あの子をきちんと送り出してやらなきゃ」

中島はいったんピアノの後ろのスツールまで戻った。瀬戸口は駐車場側の窓に近寄って、ブラインドのスラットに額をつけ、外を窺った。中島の言葉では、警察は女性警官をブリッジ上に出すらしい。女の子をすぐに保護して、このあと何があっても安全な場所に移すためだ。女性警官は、大通署の生活安全課の誰かなのだろうか。

来見田牧子は、由香の耳に何かささやいている。由香はしきりにうなずいていた。牧子は、由香がひとりで店を出ることになったと伝えているのだろう。自分は一緒には行けないが、心配することはないと。由香の表情を見る限り、いまはそれに納得しているようだ。完全に泣き止んでいる。

ほかの人質たちの顔からも、いまは少し険しさが消えたようにも見える。とにかく子供がひとり解放されることになったのだ。この犯人たちは、道理の通じない鬼畜ではないとわかった、ということだ。あとは自分が解放される順番を待つか、犯人たちが納得できる解決法が提示されるのを期待するかだ。そう信じることができる。

ブラインドに、光が当たったようだ。スラットの端が、細く光っている。ついいままではなかったものだ。投光機？　いや、捜査車両のヘッドライトを建物に向けたのかもしれない。

外を覗いている瀬戸口の顔は平静だ。少なくとも視野には、制服警官の姿はないのだろう。

竹中夫人が窓に身体《からだ》を近づけてブラインドに触れた。外を見ようとしたようだ。

瀬戸口が、大きな声で言った。

「危ない！　顔を覗かせてぼくらと間違われたら、撃たれるかもしれませんよ」

竹中夫人は、あわてて窓から身を離した。

逆に中島がブラインドから外を覗いた。

「来た」と中島。「制服着ていないけど」

瀬戸口が言った。

「私服でも婦人警官なんでしょう。さあ、出る支度は？」

小島百合は、自分も外を覗きたい衝動に駆られた。いま外がどうなっているのか、機動捜査隊が固めているのか、それとも機動隊が出てジュラルミンの盾《たて》が見えるのか、やってくる女性警官は誰なのか？　知りたいところだった。

由香が牧子と一緒に立ち上がった。中島がそのうしろに付いて、入り口に向かうようだ。

瀬戸口が入り口のドアへと歩き、風除室に出た。ちょうど百合の位置からは死角だ。

中島が牧子に言った。

「お子さんだけ」

牧子は素直に中島の言葉に従い、由香の背を押した。

「すぐにお母さんも行くからね」

由香は泣きべそをかきながらも小さくうなずいて、風除室に出た。中島が牧子と風除室とのあいだに立って、牧子がそれ以上進むのを塞いだ。

百合はすばやく腰をずらし、ブラインドから外を覗いた。

ブリッジのこちら側、女性が立っている背後からは強い光。しかし店のエントランスの照明もついている。姿は判別できた。

香里ちゃん！

由香を迎えにきたのは、村瀬香里だ。女性警官ではない。

誰の指示？　百合は考えた。佐伯？　それとも長正寺？　どちらであれ、この場にまだ女性警官がいないのであれば、そしてここに香里がいるのであれば、彼女を迎えに出すのは正解だ。女性警官の到着を待つことはない。

香里がブリッジの上で膝を折り、両手を前に伸ばした。笑顔で、何か言っている。大丈夫、いらっしゃい、ということだろうか。すぐにスチールの上に靴音が響き、由香が香里の胸に駆けこんでいった。香里は由香を抱きしめると、背中を二度、軽く叩いた。少しのあいだ、由香は香里の肩に頭を乗せたままでいた。

泣きだした？

香里が立ち上がり、由香の手を引いた。由香は振り返り、窓のほうにバイバイをした。泣いてはいない。恐怖と不安との混じった顔だが、いくらかは安堵《あんど》しているとも見える。

ブリッジの向こう端は、クルマで塞がれている。ふたりがクルマまで着いたとき、ボンネットの上で影が動いた。由香に手が伸びた。由香はすっと持ち上げられ、クルマの向こうに消えた。ついで香里も同じように、ブリッジ上から見えなくなった。百合はブラインドを戻して、窓から離れた。

カチリと施錠される音がして、瀬戸口が風除室から姿を見せた。中島は通路を歩いて、先ほどまで自分が腰掛けていたスツールに腰掛けた。そこを自分の定位置と決めたようにだ。腿《もも》のあいだに両手を入れる格好まで、いままでと一緒だった。

瀬戸口が牧子に顔を向けて言った。

「ぼくらが常識ある人間だってことはわかってもらえましたよね。こんどは山科さんのほうで、誠実さを見せる番だ」

村瀬香里が、ふたりの機動捜査隊員と一緒に指揮車両まで戻ってきた。香里には、小学校二、三年生と見える女の子がすがりついている。緊張は見えるが、怯《おび》えてはいないようだ。

長正寺が、その場にしゃがみこんで女の子に訊いた。

「もう大丈夫だよ。名前は?」

「来見田由香」と女の子は名乗った。

「お父さんやお母さんは？」

「中にいる」

「危ないことはなかった？」

「怖かった」

「怪我していないかい？」

「してない」

長正寺は由香に微笑を向けて立ち上がると、香里をねぎらった。

「助かった。サンキュー」

香里が訊いた。

「婦人警官になれる？」

「警察学校の試験に受かれば」

「推薦入学って、ないかな」

「聞いておく。この子が落ち着くまで、そばにいてやってくれ。もうじき、応援の女性警官もくる。あとで、少し中の様子を聞かせてもらうことになる」

香里が女の子に訊いた。

「寒くない？」

「ううん」と女の子。「どうして？」

「震えていたから」

「なんでもない。水が飲みたい」

「ペットボトル持ってるわ。あげる」

香里と女の子は、さっきまで香里が乗っていた覆面パトカーに乗り込んだ。

隊員のひとりが長正寺に言った。

「駐車場を出るとき、新聞屋にバチバチと写真を撮られましたよ。テレビ局もカメラを回していた」

「そんなとこにいたのか」

「追い払いましたが、記者会見求めてきました」

「本部でやると言ってるだろうが。現場でそんなことをやってる暇があると思っているのか」

ヘリコプターの音がまたうるさくなった。べつの放送局があらたに現場中継に参入してきたのだろう。

佐伯は夜空を見上げた。ホバリングするヘリコプターの標識灯が三機分見えた。ひょっとすると、いま女の子が解放された場面も、すっかり記録されたか実況放送されたのかもしれない。

店の中にはテレビはあったのだろうか。いまの時代、テレビ受像機がなくても、ワンセグ携帯がある。外の報道は中の犯人たちにも筒抜けになってしまうのだが。

長正寺が佐伯の前を通って指揮車両に戻った。佐伯が見ていると、長正寺はドアを開けたまま本部系無線機のマイクを取った。

「長正寺です。いま女の子が解放されました。来見田由香。無事です」

了解、の声が聞こえた。

「マスコミがうるさくなっています。記者会見の予定なんかは？」

「その子供の解放待ちだった。もうじき始まる」

長正寺はマイクを戻すと、ドアの外に立っている佐伯に言った。

「子供がいなくなったことで、選択肢は広がった」

「このあとの交渉は？」

「山科ファミリーとは無関係の人質を解放させる」

「小島百合は置いておいたほうがいい」

「順番では、無関係の人質の最後だな」

田村が訊いた。

「始めますか？」

「いや。あの子から、中の様子を聞き出してからにしよう」

「八歳の子では、どれだけ正確に伝えてくれるか」

「もうひとり、大人を早めに解放させるか」

田村はクリップボードのメモに目を落としてから言った。

「老夫婦がひと組。オーナーの女性。ウェイトレス」

「老夫婦かな」

長正寺が佐伯に目を向けてきた。どう思うと訊いている顔だ。

佐伯は同意の意味でうなずいた。


瀬戸口の言葉に応えるように、牧子がまた携帯電話を取り出した。

「父に電話します」

百合は驚いた。牧子の目に、いましがたまでの激しい怒りや憎しみがないのだ。犯人たちへの侮蔑《ぶべつ》すら薄れてしまったように見える。

ストックホルム症候群？　監禁されている人質は、やがて監禁犯に対して共感や同情、依存感情を抱くようになりがちだという。狭い空間で犯人たちと敵対しているよりも、むしろ好意的に接したほうが、危険は少なくなるから、という自己欺瞞《ぎまん》的心理のせいらしい。

さっきまで牧子は、犯人たちに対して人質の中では最も拒絶的に振る舞っていた。百合がはらはらするほどにだ。そんなふうに振る舞ったら、そんな言葉で犯人たちを刺激したら、あなたの身が危ないと百合自身が怯《おび》えるほどだった。でも、ようやく彼女も、その態度では事態を変えられないと悟った。いま娘を解放してくれたおかげで、彼女は急速に犯人たちにシンパシーを感じ始めたのだ。べつの言い方をすれば、犯人たちによるこの場の支配を受け入れたのだ。

もっとも、と百合はそっと中島のほうに目をやって思った。自分だって、最初から中島の立場と要求には、同情的だった。まったく何の弁解の余地もない冤罪事件。公判途中で真犯人は別人だと知ったにもかかわらず、当時の富山県警は頬《ほ》っかむりしてひとりの市民の人生を奪った。責任者が謝罪するくらい、なんだと言うのだ？　むしろ、それは国家賠償請求訴訟の前にも、やらねばならぬことだったのではないのか？

そこまで考えてから百合は、もう少し冷静になろうと自分を戒めた。これはひょっとしたら、プチ・ストックホルム症候群、という程度には言えることかもしれない。

牧子が立ち上がり、ちらりちらりと瀬戸口を見ながら話し始めた。

「お父さん、いま、由香を外に出してもらったわ。ええ、女性警官が待っていてくれたみたい。ええ、そうなの。危害は加えられていない。由香のことも心配してくれて、出してくれたのよ」

「そう、そういうひとたちじゃない。きちんと話が通じるひとたち。だからこんどは、お父さんが誠意を見せて。頭から突っぱねるんじゃなく。一方的に誠意だけ受け取るんじゃなくて。それが、当たり前でしょう」

「お父さん！」牧子の声は厳しいものになった。「そうやって逃げないで。役所の立場がどうだって言うの？　ここには、お父さんの責任で人生の四年間を棒に振ったひとがいるのよ。お父さんが、人間として謝るかどうかを決めるべきじゃないの」

「だって、ここにはわたしがいて、お母さんもいるのよ。明日の朝から検討って、そんなに悠長なことをしている場合なの？」

「ええ、いいわ。お父さん、わたしが産まれるときも、仕事があるって病院には行かなかったってひとですものね。お父さんには、家族なんてその程度のものなんでしょ」

「いいえ！　わからないわ。お父さん、生意気かもしれないけど、社会人としてのけじめのつけかたってあるでしょう。それができて、大人の男のひとなんじゃないですか？」

「役所のことはどうでもいいんです。いまはお父さんにとって、家族って何ってことも問題なんです。わたしたちは、ここで放《ほう》っておかれるんですね」

押し問答となっているようだ。山科は高級官僚としての立場に固執しているのだろう。山科がすでに警察庁幹部と協議して、明日の朝まで返答しないことを決めている可能性もある。その場合は、娘が何を懇願しようと、突っぱねてくるしかないはずだ。それがキャリアなのだし、それができる程度の男でなければ、キャリアの道を歩もうとは考えまい。

牧子は溜め息をついた。

「お父さん、わたし、お父さんに見捨てられたって、この先、生涯恨むかもしれない。お母さんにもわだかまりが残るでしょうね。お父さんの決断ひとつでどうにでもなることを、お父さんはしなかった。家族を二の次にしたんだって」

「もういいです！」

牧子は通話を終えると、ディスプレイをひとにらみしてから、携帯電話をバッグに放り入れた。

瀬戸口が牧子に目を向けた。お父さんはなんと言ってるんです?

牧子が言った。

「明日の朝までは動けない、の一点張り」

山科早苗が、いまいましげに言った。

「ああいうひとよ、お父さんって」

瀬戸口が中島に言った。

「中島さん、相手も強情だ」

中島が、首を振りながら応えた。

「明日の朝まで待てば、謝ってもらえるんですかね」

「わかりませんよ。時間稼ぎして、強行手段を取るつもりかもしれない」

「強行手段って?」

「ここに、警官隊が突っ込んでくるとか」

「この狭いところに? ピストルを持って?」

「わからないですけど」

そのとき、カウンターの奥の端で、ウエイトレスの水島彩が立ち上がった。

「あのう」

全員が水島彩に目を向けた。

彩は瀬戸口のほうに数歩近づき、その顔を真正面から見つめて言った。

「あの女の子の次に、わたしも出してもらっていいですか。わたしも未成年です。わたしはここにはいないほうがいいんじゃないかと思うんですけど」

浅海が彩のすぐうしろで、ぽかりと口を開けた。

彩が両手を合わせ、さらに瀬戸口に近づいた。

「わたし、いる必要ありませんよね。それにわたし、外でマスコミのひとたちに、おふたりのことを話せるように思うんです。おふたりがどんなにきちんとしたひとたちか、言っていることが正しいか、お願いしているのはほんとにささやかなことだってこととか。そういうことを、テレビ局のひとたちに話せると思うんです。わたし、それをやってもかまいません」

瀬戸口はまばたきして彩を見つめた。意外すぎる申し出だったようだ。

もちろん百合にも、自分を解放すべき理由として、それを言い出す者が出てくるとは意外すぎた。百合は彩を見つめた。

瀬戸口が言った。

「まだ早い。そういうことは、もっとテレビ局が増えてからでいい」

「わたし、テレビ局の掛け持ちをしてもいいです。順番に取材を受けるとか」

まるで世界選手権で優勝したアスリート気分だ、と百合は思った。いま思いついたことなのだろうが、自分がテレビ・カメラの前に立つ姿を想像して、彼女はけっこう自分に酔っている。

ほかの人質たちは、呆気《あつけ》に取られている。その手があったかという顔だ。牧子は憎々しげに彩の後ろ姿を見つめている。瀬戸口の関心が彩に移ってしまったかと、そのことに腹を立てているようにも見えた。

浅海が言った。

「その役割はあなたでなくてもできるわ」

彩が浅海に振り返った。

「わたしはいまこの中ではいちばん若いし、外に出られたら、説得力がちがうと思うんです。警察に店の中の様子を訊《たず》ねられても、いまの子よりはずっとわかりやすく説明できるし」

「テレビ映りがいいとでも言ってるつもりなの?」

「とんでもないです」彩はまた瀬戸口に向き直った。「わたしも、出ていいでしょ?」

声の調子も目の色も、客に何かねだる風俗営業の女性のそれのように見えた。

瀬戸口が首を振りながら言った。

「いまじゃない。もう少ししたらお願いする」

彩が、仕方がないかという顔で、自分のいたスツールまで戻った。

浅海が、不愉快そうにカウンターの表面を指で叩いた。

瀬戸口が浅海に目を向けた。浅海は指でカウンターを叩くのをやめた。

竹中夫人が立ち上がって、小声で瀬戸口に洗面所に行く旨を告げた。

竹中夫人が洗面所に入ってから、瀬戸口が浅海に言った。

「あんたのスマホ、貸してもらうよ」

「どうぞ」と浅海。

カウンターの上から、瀬戸口が浅海のスマートフォンを手に取った。

通話するのではなかった。ネットにつないでいるようだ。

百合は瀬戸口を注視した。彼はスマートフォンの操作にも慣れていると見える。指の動きは、なかなかのものだ。自分の同僚の秋山晴香ほど滑らかではないにせよだ。やがて瀬戸口は目指すサイトを呼び出せたようだ。ディスプレイを凝視しながらの指の動きが慎重になった。

一分か九十秒ほどの後、瀬戸口がディスプレイから顔を上げた。かすかに不満そうだ。失望した、という表情にも見えた。

中島が、瀬戸口に声をかけた。

「山科さんは頑固のようだし、ぼくらはこのあと、どうするのがいいのかな」

瀬戸口が答えた。

「ちょっと考えましょう」

おや、と百合は疑問を感じた。いや、さっきからどことなく不審に思えていたこと。いま中島は、これからの展開について、瀬戸口に相談した。この人質監禁計画は、中島が立てたことではないのか？　中島が何をどうするか、決めてきたことではないのか？　いまの問いはまるで、この事態にどう立ち向かうか、何の案もない男のものに聞こえた。

百合は、事件が発生してからいまこの瞬間までの経緯を、細かに思い出そうとしてみた。中島が、この監禁事件をずっと主導していたのではなかったろうか。それとも要求の中身から、自分がなんとなくそう思い込んでいただけか？　要求は中島のものだが、実行行為を主導していたのは、瀬戸口だったろうか。警察の交渉役との電話の最中、中島は何度か瀬戸口に意見を求めていた。意見……。中島は自分の決断のための参考意見を求めていたのではなく、指示を仰いだというニュアンスはなかったろうか。

中島が言った。

「テレビでニュースやっていないかな。瀬戸口さんのケータイで、テレビ見れたよね」

瀬戸口が言った。

「見れますよ」

「見せてください」

中島がスツールから立ち上がり、瀬戸口の横に立ってそのケータイをのぞきこんだ。

竹中夫人が洗面所から出てきた。

浅海が、彩にいかにもオーナー然とした調子で言った。

「彩さん、コーヒーとお茶を、みなさんに出して」

彩は浅海に目を向けてから、無言で厨房の中に入っていった。

楠木善男の札幌事務所では、桜井成人がテレビをザッピングして、そのニュース速報に当たったところだった。

「そこで」と、高野淳平は言った。

桜井が、リモコンを持つ手を止めた。

公共放送の、全国ネット番組のあいだ、ちょうどローカル局に割り当てられた時間帯だ。中年の男性アナウンサーが、けっして慣れているとは言えぬ抑揚で原稿を読んでいる。

「札幌市中央区で起こった人質監禁事件で、動きがありました。人質になっていた男女九人のうち、八歳の女の子が解放されました」

画面は航空撮影の暗い映像となった。高感度処理をしているのか、粒子が粗く見える画面に、箱型の建物が映っている。建物は急な斜面に建っているので、二階にあたると見える部分から、山のほうに橋が伸びている。橋の先は空き地だ。自動車が五台ほど停まっている。

「お嬢さんのやっている店だ」と高野は若い桜井に教えた。「行ったことはあるか?」

「ええ、あ、いや、ありません。藻岩山の中腹?」

「住所で言うと、伏見、ってことになるのかな。以前バブルなバラ園のあった場所の下」

「バラ園も知りません」

「ゼネコンの社長が趣味で造って、会社破綻で閉園した。お嬢さんの店は、まだ開園していた時期に建った。できて十年もたっていないんだ」

橋の上に、小さく人影が見えた。建物から出てきたのだ。橋の駐車場側にもひとつ人影がある。建物から出てきた影は、もうひとつのもとに近づいてひとつになった。

少し画面が橋に近寄った。ふたつの影は、女の子と大人の女性のものとわかった。ふたりはくっついたまま橋を空き地のほうに移動した。男たちは女の子と大人の女性をクルマのうしろに、べつのふたつの人影。男が二人だ。男たちは女の子と大人の女性をクルマの背後にひっぱり、ふたりをはさむようにして空き地を移動した。空き地の端は道路につながっている。四つの影はその道路を駆け下りていった。山の陰に入ったか、影はすぐに見えなくなった。

画面は再びスタジオに切り替わった。

アナウンサーが原稿の続きを読み始めた。

「この事件で、名指しで謝罪を要求されている山科邦彦警察庁刑事局長は、まだ所在が確認されていません。また警察庁も、個々の事案について警察庁がコメントを出すのは控えるとしています。なおこれから道警本部でこの事件についての記者会見がある模様です」

ニュースが終わり、通常の番組にもどった。

桜井がリモコンでテレビの音声を小さくしてから言った。

「人質の解放の順番でゆくと、お嬢さんは何番目になりますかね」

「早いほうじゃないだろう。使える人質だとばれてしまったんだから」

「脅迫状の期限は、店が閉じるまで、でしたよね。あれって何時の意味なんだろう？」

「夜遅くやっている店だけど」

「期限が来たら次に何をやる気なんでしょうね？　何か手を考えているんでしょうか」

「おれが知るはずもない」

「向こうに何も手がないなら、こうやってカネを詰めることは無意味じゃないですか」

「まだ向こうの手の内が見えない。いいか、連中は口座のことは知っていた。ここに現金があることも。人質事件とは妙に偶然に一致している。次に何が出てくるかわからない。それに先生は、お嬢さんを後継にしたいほど可愛《かわい》がっているんだ。絶対に危害を加えさせない。先生は、ぎりぎりのところで、お嬢さんを救うほうを取るだろう。裏金庫が空っぽになってしまっても」

「わかっています。カネ、詰めますね」

テレビのリモコンをテーブルの上に置くと、現金を段ボール箱に詰める作業に戻った。

高野はその作業を眺めながら思った。いまおよそ二億円分の札束を箱に詰めている。あと一億円だ。それでもまだ金庫には、二億円の現金がある。二十人の子飼いの国会議員ひとりひとりに、まだ一千万円ずつは配れるだけの額だった。受け取る国会議員の裏選対が有能なら、かなり有効に使えるはずだ。少なくとも半分は当選するだろう。あるいは先生は、同額をばらまくのではなく、重点候補を選んでそこにだけもっと高額の現金を渡すことにするかもしれないが。

数分のあいだ、中島と瀬戸口は携帯電話でテレビ・ニュースを観《み》ていたようだ。百合の耳にも、少しだけアナウンサーの声が聞こえてきた。断片的にしか聞き取れなかったけれども、とにかく子供が解放されたことは伝えられたようだ。また、どうやら警察庁も山科も、いまのところ対応する気配がないようだ。人質たちは中島と瀬戸口を注視している。

「まだだめか」と中島が言った。「どうしてこの程度のこと、聞いてもらえないのかな」

「中島さんが、甘く見られているんですかね」

中島は悲しげに頭を振ると、つぶやいた。

「誰もぼくの言葉を、真剣に聞いてくれないんですよね」

「真剣だってことを信じてもらうにはどうしたらいいんですかね」

「お祈りするしかないのかな」

「だめですよ！」

瀬戸口の言葉の調子はきつかった。百合は驚いてふたりを見つめた。瀬戸口が、中島を叱っているように見える。ほかの人質たちも、息を殺した。

「中島さん、せっかく応援してるのに、このままじゃ、お願いをきいてもらえないまま、ぼくらまた刑務所ですよ。それでいいんですか？」

「だって」と、中島は弱々しげに言った。「ぼくにはもうどうしたらいいか、考えつかないよ。もっとうまくいくと思った。最初から」

「それより！」

瀬戸口が、いましがたよりもいっそう大きな声を出した。人質たち全員がぴくりと反応した。

「それより、なんとか次の手を考えましょう。中島さんはもう始めてしまったんだから、とことんやりきるしかないじゃないですか。向こうが謝ってくるまで」

「やりますよ。ぼくはそのつもりです。ただ」

「山科がどうしても嫌だっていうなら、次の手を考えましょう」

「もう少しだけ、考える時間をあげたらどうかな」

百合は牧子を見た。牧子は、瀬戸口に乞《こ》うような、媚《こ》びるような目を向けている。それがいい、もう少し考える時間をあげて、とでも言っているように。

中島は、しきりに首を振りながら自分の椅子に戻っていった。

瀬戸口が、カウンターの上の携帯電話の中から、また白いスマートフォンを取り上げた。浅海のものだ。

浅海が瀬戸口に顔を向けた。

「わたし?」

電話しろと命じられるのかもしれないと思ったようだ。

瀬戸口は首を振った。

「いや。ちょっと借ります」

瀬戸口は、また慣れた指づかいでスマートフォンを操作し始めた。

百合は怪訝に思った。彼はいま何をしているのだろうか。いや、それなら自分のケータイを使うだろう。自分のアドレス帳には登録のない相手にメールだろうか。浅海奈津子のアドレス帳には、少なくともふたりの人物、浅海の父親、国会議員の楠木善男と、地元テレビ局の記者の電話番号が登録されているとわかっている。かなりの確率で、その人物のメールアドレスも登録されているだろう。そのふたりに連絡したい? 人質には聞かれたくない話題で?

いや、何かのウェブサイトを見ているのだろうか。テレビ・ニュースとべつに、報道を知りたがっているとか。しかしまだ事件が発生してから二時間。新聞記事はまだサイトには上げられていないだろう。あったとしても、見出し一行か二行の速報程度だ。それに、瀬戸口のワンセグ・ケータイでも、携帯電話用のサイトなら読めるはず。スマートフォンを使わなくても。ケータイ用のサイトを持っていないどこかのホームページを見ているのか。

ディスプレイを見つめる瀬戸口の目は真剣だ。本来そこにあるべきものを、真剣に探しているという顔だ。ただし、見つかっていない。瀬戸口の眉間《みけん》に皺《しわ》がより、彼は怪訝そうに唇を歪《ゆが》めた。

浅海が訊いた。

「誰かに電話したいんですか？」

瀬戸口は顔を上げた。

「いや。そうじゃないんだ。このスマホ、借りていていい？」

浅海が少し戸惑いを見せながらも答えた。

「ええ」

瀬戸口は浅海のスマートフォンをカウンターの上に置き直した。電源を切ったようだ。

瀬戸口はさらに浅海に言った。

「固定電話の線、引っこ抜いてくれる。切ってしまって」

「え？」と浅海。

「邪魔だから、切ってって。ケーブル抜いたら、それもこっちに持ってきて」

浅海は、さからわなかった。いったん厨房へと入ろうとした。ちょうど彩が出てきた。ステンレスの大きなコーヒーポットをトレイに乗せて出てきたのだ。浅海は彩を店側に入れてから、厨房へ入っていった。百合の位置からは、厨房のすぐ内側にカウンターがあり、そこに固定電話の親機があるのがわかった。ファクス兼用機ではない。小型の、白い通話専用機。浅海が電話線をその電話機のコネクタから抜いた。

彩が金属のポットからひとりひとりのコーヒーカップに注《つ》いでまわった。百合もコーヒーをもらった。

浅海が電話機を持って戻ってきた。浅海は、携帯電話の並んだカウンターの上に、電話機を置いた。子機はすでに、瀬戸口の前に置かれたままだ。

浅海が訊いた。

「警察の回答は、どうやって受け取るんです？　電話を切ってしまったら」

瀬戸口は言った。

「ぼくらが考えることじゃないでしょ」

冷やかな、皮肉な調子だった。

彼は店内を見渡した。その目は、ほんの一瞬前とはまったく違って、厳しく険しかった。警察官の百合でさえかすかな戦慄を覚えるほどにだ。いま彼は、と百合は思った。この膠着を打開するために、次の段階に出ることを決めた。いささか弱気に見える中島を差し置いてでも。

でも、と疑念がまだ消えない。彼には何の利益にもならないのに、なぜ中島の要求に固執する？　その要求をかなえさせてやろうと、犯罪に荷担する？　中島から巨額の報酬を約束されているのか？　中島は、国家賠償請求訴訟で、たしか数千万円の賠償金を受け取ったはずだが。

そのうちの半分を手にしたとしても、はたしてそれはこの監禁事件の従犯として受けることになる刑罰に見合うか？

百合にはわからない。

瀬戸口は、こんどは自分の携帯電話を取り出して、中島に声をかけた。

「こうなったら、弁護士さんにも報告しましょう」

中島は驚いた様子で言った。

「大槻《おおつき》先生に？」

「支援グループにすぐに教えてくれます。外からマスコミを動かしたり、いろいろやってくれますよ」

「ぼくは、こういうことになってしまったこと、あまり言いたくないなあ」

「どっちみちニュースになるんです。あまり相手が不誠実なんで、こういうことをやってしまったと言いましょう」

「ぼくがですか」

中島は困惑しきっている。たぶんその大槻弁護士にはそうとうに世話になってきたのだろう。だから、こんな監禁事件を起こしたことには罪の意識を感じている。大槻弁護士には、できることなら隠しておきたかったのかもしれない。最後まで隠し通すことは無理にしても。

「ぼくが電話します」と瀬戸口は言って、携帯電話を耳に当てた。

百合は耳をすました。

瀬戸口は言っている。

「大槻先生ですか。わたし、瀬戸口と言います。先生もよくご存知の中島喜美夫さんの支援者です」

「はい、じつは中島さんは、あの件で当時の山科本部長の娘さんの協力をもらって、山科さんに誠意ある謝罪を求めているんです。ただ、電話にもまともに出てくれないひとなんで、少しだけ強い調子のお願いになってしまいました。警察はどうもこのお願いを刑事事件だとみなしているようなんです。先生のほうから、中島さん支援のグループとか、関係のみなさんに、正確なところを伝えていただけないかと」

そのあと、大槻が驚いて矢継ぎ早に質問を繰り出してきたようだ。瀬戸口が、これまで店の客たちに説明したのと同じことを同じ言葉で伝えている。中島が、瀬戸口をじっと見つめていた。かすかに不安そうだ。

「そうなんです。お願いしているのは、この二年間中島さんが言い続けてきたことだけ。誠意ある謝罪、それだけなんです。ぜひ先生も、この事件がどんなふうに報道されても、事実はこういうことだとご理解いただきたいと」

「中島さんですか？　ええもちろん。代わります」

瀬戸口が中島に携帯電話を差し出して言った。

「大槻先生です。手短かにしたほうがいいと思います。弁護の相談の電話じゃないんだし」

中島が携帯電話を受け取って言った。

「先生、お世話になっています。いま瀬戸口さんが言ったことを」

「すいません、先生。でも、どうしてもがまんできなくて。お願いしてるのは、ごくごくあたりまえの常識的なことだと、ぼくは思ってるんですけど」

「刑事事件になるんですか？　ぼくはただ、協力をお願いしているだけです。こうでもしないことには、山科さんに伝わらないかと思って」

「いいえ、娘さんが電話しています。ぼくは何も。ええ、何も話していません。だってぼくは、話したいわけじゃなく、謝ってもらいたいんです」

「いいえ、そんなことはしていません。これからもするつもりはありません」

「はい、はい。軽はずみなことなんて、するつもりはありません。はい」

中島が、携帯電話を持ったまま深々と頭を下げてから、携帯電話を瀬戸口に返した。

その大槻という弁護士がどこにいるのかは知らないが、この事件が全国ニュースで流れたところで、事実はこうですとマスメディアの前に姿を現してくることだろう。支援グループも全国に広がりを持っているはずだ。事件は、刑事事件犯人対世間という構図ではなく、警察、対、人権を侵害された市民という構図で世に広まることになる。

人質となっている自分の視点からではそれは完全な誤りだが、でも、と百合は考えた。公判で犯人側弁護士からこの状況についてイエス・オア・ノーで問われた場合、ここには

「事件」があったということになるだろうか。

犯人たちは凶器を持っていない。身許を隠していない。最初から名乗っていた。暴行はもちろん、凶器をちらつかせてもいない。威圧的な言葉や脅迫も、イエスノーでの質問となれば、ないことになる。事実上外には出られないとはいえ、犯人たちはあくまでも協力を求めるという以上のことは言っていないのだ。公判で判事の心証形成には、自分の証言が逆に使われる。実態として、いまここにあるのは間違いなく人質監禁事件なのだが。

瀬戸口が、まだ心配そうな顔の中島に言った。

「大槻弁護士があの冤罪事件について発表してくれたら、世間が味方になってくれます。中島さんのお願いは、確実にきいてもらえますよ」

百合も、それを期待した。これ以上の重大な刑事事件になる前に、それで終わってくれたらそれはそれでいい。べつに自分は、中島をこの件でもう一度長いあいだ刑務所に送ってやるべきだとまでは思っていないのだから。

5

救急車の音が坂道を遠ざかってゆく。

解放された女の子がいま、救急病院へ運ばれてゆくのだ。とりあえず怪我はないようだったし、暴行を受けた様子もなかった。それでも念のために、ということだ。保護者がいないし、今夜一晩だけでも、病院で保護するのが一番かもしれない。

長正寺が、指揮車両の中で店の中の様子を書き込んだ図面を広げた。

交渉役の田村がこれをのぞきこみ、その脇から佐伯と新宮ものぞいた。

長正寺が言った。

「女の子の話で、わかった範囲で描いた。店の入り口側に、瀬戸口。カウンターの端だ。小島百合の話じゃ、厨房への入り口に中島ということだったけど、じっさいにはピアノの前だ。カウンターの反対側、厨房入り口寄りにはウエイトレスの女の子。その横にオーナーの浅海。真ん中のテーブルふたつに、人質たちが集められている」

佐伯が百合に代わって弁解した。

「小島は、詳しく描写できる状況じゃなかった。店の両端を犯人たちが固めているという説明で、間違いはない」

「わかってる。女性用トイレがここ。風除室を抜けてすぐ右側だ。自由に行けるらしい。ということは、風除室内側のガラスのドアも施錠。そして外側のスチール・ドアも施錠してあるだろう。加えて風除室には邪魔物を置いているのではないかと思うんだが、女の子はわからなかった」

「小島百合の位置は、正確には？」

長正寺は、ひとの代わりに○を描いたひとつを指さした。中にKと記されている。

「五つあるテーブルの入り口から三つ目。奥の席。向かい側に老夫婦がいる」

「何かあるとき、小島なら瀬戸口って男に飛びかかれる」

「タイミングをはかるのは難しいな。外で物音がすれば、瀬戸口も人質の動きを警戒するだろう」

「店内は狭い。閉鎖されている。フラッシュバンは効くな」

「突入命令が出るまでに」と、長正寺は言った。「ひとりでも人質の数を減らしておく」

田村が訊いた。

「再開しますか？」

「やってくれ」

田村がヘッドセットを付け直し、あらためて席に着いた。

無線設備の前で彼はいくつかボタンを押し、操作盤を見つめたまま黙していたが、やがて言った。

「ケーブルを抜いてしまいましたね」

長正寺が訊いた。

「店の固定電話だな？」

「はい。携帯のほう、試してみます」

田村は浅海の携帯電話の番号にかけたようだった。しかし、無反応と見える。

やがて田村は長正寺に振り返って言った。

「電源を切られたようです」

「ほかに生きている電話は？」

「たぶん小島百合のスマホ」

「だめだ」と佐伯はあわてて言った。「彼女の身許がばれる。危なくなる」

長正寺が、佐伯のほうに身体《からだ》を向けた。

「交渉したいはずなのに、つながっていた固定電話のケーブルを切った。携帯の電源もオフ。どういう意味なんだ？」

「もう要求は伝えた。あとは回答するだけだ、ということでしょう」

「電話が通じなければ、回答を伝えようもない」

「テレビ・ニュースで足りる、ということかもしれません。九時のニュース。あるいは民放の十時のニュースでもいい」

「さっきのローカル・ニュース、連中は見たのかな。警察庁はノーコメント、とアナウンサーが言っていたやつ」

「テレビ・ニュースはチェックしているでしょう」

「店内にテレビはないが、ケータイか」

「これからニュース番組は多くなる。交渉のとき、うっかりした話はできなくなりますよ」

「承知だ。あと、小島百合以外の誰かのケータイ番号、知ることはできないかな」

「女の子は？　子供用のケータイなんて持っていませんでした？　あれば、両親の番号がわかる」

「持っていなかった。八歳だからな」

長正寺は首を振りながら言った。

「刑事局長に、娘のケータイ番号を教えろと要求するか」

車内では誰も反応しなかった。


相手は最初のコール音ですぐに出た。

「質問を」

楠木は訊いた。

「道警は、おれを捜査しているか？」

「いいえ」

「じゃあ、安心していいのか？」

「いいえ」

「どっちだ？」そう訊いてから、質問を変えた。「確認できなかった？」

「はい」

「きちんとした筋に当たったんだろう？」

「はい」

「内偵をしているかもしれんということか？」

「はい」

「おれは心配すべきなんだな？」

ほんのかすかに、答えに迷うような唸《うな》りがもれ聞こえてきた。

「はい」

百パーセント確信もってのイエスではないと聞こえた。

「役に立った」と楠木は言った。「この礼は、いつかあらためて」

「はい」

楠木は通話を切った。

やはり、事情を知る者がいるという蓋然性《がいぜんせい》を否定しきれないのだ。

確認できなかったということは、相手が当たった道警のトップ級にも、まだ上げられていない案件だからなのかもしれなかった。国会議員を対象の内偵は、本部長の了解なしに進むはずはない。しかし、まったくべつの内偵から楠木をめぐる事案に行き当たった場合、時間差でまだトップに伝わっていないということはありうる。そして、国会議員が対象ということであれば、政治的な理由から捜査、立件が了承されないケースのほうが多い。

その場合、現場捜査員には、と楠木は考えた。不満、鬱憤《うっぷん》はたまる。その情報を外に流して、対象に社会的制裁を加えてやろうと考える者も出てくるかもしれない。この強請《ゆすり》は、その流れの結果なのだと読んでも、さほど突拍子もない想像とは言えないだろう。

強請はブラフではない。ゆすってきた者は、まちがいなくカサキスタンをめぐるＯＤＡ汚職と、外国政府からの政治資金援助について事情をすべて承知している。それがどれほど衝撃力のある事案なのかも含めて。

楠木はデスクから立ち上がった。呼吸を整えて、そろそろ結論を出さねばならない。

水島彩が、人質の中の希望者にコーヒーを注《つ》いでまわった。山科早苗と竹中夫人以外は全員がコーヒーを望んだ。不要と首を振ったふたりには、彩があらためて日本茶を出すことになった。瀬戸口と中島も、彩からコーヒーを注いでもらっていた。

百合がカップの半分ほどコーヒーを飲んだときだ。瀬戸口がふいに中島を呼んだ。

「中島さん、ちょっと相談が」

中島はすぐにスツールを下りて、瀬戸口のそばに寄った。瀬戸口は上体を倒すと、横に来た中島の頭に自分の顔を寄せて、ささやき声で話し始めた。

百合は意識を彼らの声に集中した。ふたりは、何かを始めようとしている。要求を通すために、脅迫を次のレベルに引き上げようとしている。

「これ以上はもう」「時間だけが」と、瀬戸口の言葉が途切れ途切れに聞こえた。かなり焦ってきているようだ。「やっぱり」「このままでは」

中島のほうは、あまりしゃべっていない。うん、とか、ああ、とか、間投詞とも聞こえる言葉がときおり聞こえるだけだ。瀬戸口が何かを提案し、中島が吟味しているということなのだろう。

小声で話されると、人質たちも気が気ではなくなる。みながふたりのやりとりを注視していた。

瀬戸口が、話しながら何度か、人質たちに目をやる。すぐにその視線は、竹中光男に向けられているとわかった。中島と瀬戸口は、竹中光男を話題にしているように見える。人質たちの中ではもっとも激しく犯人たちを嫌悪し、おそらくは犯人たちからも嫌われているにちがいない男。

百合の斜め向かいの席の竹中光男も、瀬戸口の視線に気がついたようだ。瀬戸口を見つめながら、顔がどんどん強張《こわば》ってきている。どんな話題で自分ひとりだけが瀬戸口に視線を向けられているのか、話し声が聞こえない以上、それは想像するしかない。竹中光男は明らかに、もっとも悪い可能性を想像し始めた。

竹中夫人も、夫の横にいて、瀬戸口が竹中光男を気にしていると気づいたようだ。左手が竹中光男の右手の上に重ねられた。

瀬戸口は、険しい表情のまま、中島とのひそひそ話をやめない。中島は相変わらずだ。戸惑ったような顔で、相槌《あいづち》を打っている。

竹中光男の呼吸が荒くなってきた。鼻孔が広がり、目も大きくみひらかれてきた。百合はその顔を見て思った。過呼吸？　心臓が苦しい？　このストレスに、そろそろ耐えられなくなってきている？

瀬戸口の声が、ふいに大きくなった。

「もう無理です！」

次の瞬間だ。竹中光男はぜいぜいと呼吸しながらのけぞった。百合が、あっと思った瞬間には、彼は椅子と一緒にうしろに倒れた。どしんと大きな音がして、女性の人質たちはみな悲鳴を上げた。

竹中夫人がすぐに床にひざまずいて、顔を近づけた。

「光男さん、光男さん！」

中島が、呆然としたように言った。

「どうしたんです？　何があったんです？」

百合も竹中光男のそばに膝をついた。こういう場面に慣れている様子を見せてはいけない。でも、生命を救えるものならば救わなければ。事態を正確に把握しなければ。

竹中光男は目を剝《む》いている。苦しげだ。ストレスが引き金になって、何か持病の症状が出たのかもしれない。何だろう？　呼吸器系？　それとも循環器系？

「光男さん、大丈夫？」と夫人。

竹中光男は反応しない。

浅海が、百合のうしろで言った。

「竹中先生、心臓が悪かったんでしたね」

夫人が答えた。

「そうなんです。ときどき不整脈が」

竹中は口を開けたまま、苦しげに身をよじった。言葉が出ていない。意識がないわけではなく、ただ言葉を出すのもつらいというだけかもしれないが。

来見田秀也が、瀬戸口におそるおそるという口調で言った。

「このひとが死んでしまったら、大変なことになりますよ」

百合も言った。

「救急車を呼んだほうがよくないかしら。ご年輩なんだし」

瀬戸口が、拍子抜けするくらいにあっさりと言った。

「そうしよう。こんなことは、望んでるわけじゃないから」

浅海が言った。

「わたしの携帯を貸してください」

「ちょっと待って。その前に、そのひとを運び出してしまいましょう。救急隊員だって、ここまで来るのは大変だから」

「運ぶって、どこまで？」

「橋の向こう端まで。さっき女の子を婦人警官が迎えに来ていたところまで」瀬戸口は、来見田秀也に顔を向けた。「あなた、このひとをおぶって運んでくれないかな」

来見田秀也が、まばたきして訊き返した。

「ぼくが、おぶって？」

「このひとをおぶえるのは、あんただけでしょう。橋の向こうまででいい」

百合は言った。

「動かすのは危険だわ。救急隊員にまかせましょう」

「だめだ！」と瀬戸口は言下に拒否した。「あそこまでそっと運ぶだけだ。少しでも、動かしておいたほうがいい」

秀也が、牧子を見つめた。ぼくはどうしたらよいと訊いている。

瀬戸口が言った。

「早く。そして、このひとを橋の向こうに置いたら、必ずここに戻って来てよ。協力者として信頼してるから頼むんだから」

秀也は、ふいにそのことの使命に目覚めたという顔になった。

「わかった。やるよ」

秀也が竹中光男に近づき、後ろから竹中の脇の下に手を入れた。夫人が、竹中が上体を起こせるよう支えた。しかたがない。百合も手を貸し、秀也が竹中をおぶうのを手伝った。

「重い」と、竹中を背負った秀也が言った。冗談のような軽い調子だ。

瀬戸口が牧子に言った。

「あんたのケータイで、一一九にかけてください」

牧子が訊いた。

「なんて言えばいいんです？」

「このお店で、ひとが倒れたと」

「救急車、ここまで来てくれるのかしら」

「事情を正確に話せば、吹っ飛んでくるでしょう」

「警察も一緒に来ない？」

牧子の口調は、それを心配している、と言ったようにも聞こえた。警察が来たら、ここでは想定外の混乱が起こると、それを懸念したのかもしれない。

瀬戸口が言った。

「警察はもうたくさん来ていますよ」

秀也はもう入り口のドアの前に達していた。

瀬戸口が、秀也に言った。

「早く運んで、すぐに戻って来てください。約束ですよ」

「ああ、約束する」

瀬戸口は風除室に出て、外のドアも開けたようだ。店の中に、藻岩山の山腹を吹き下ろしてくる風が入ってきた。空気が一瞬冷たくなった。

百合は立ち上がって、次の事態に備えた。周辺に配置されているはずの機動捜査隊員は、この機をとらえて突入してくるかもしれない。そのとき自分の役割は、抵抗しようとする瀬戸口を無力にすることだ。

風除室から、竹中を背負った秀也の姿が消えた。


店の入り口のすぐ下、スチールの外階段の踊り場で、津久井卓はドアが開いたことを察した。右手を腰の後ろのホルスターに伸ばした。何かが起こる。

津久井は拳銃を取り出すと、銃口を下に向けるように両手で構え直した。

誰が出てくるのか？　さっきは、女の子を解放するということだった。隊内無線で、長正寺から説明があった。まだ動くなとも指示された。でも、こんどは何だ？　もうひとり人質が解放されるのか？　長正寺からは何も指示はない。人質が解放されるのだとして、交渉役との取り引きの結果ではないのか？　つまり長正寺は、誰かが店を出ることを知らない？

スチール板に、重そうな靴音が響いた。誰かが完全に店の外に出た。ということは、ドアが開いたわけだ。いまなら、突入できるかもしれない。

どうしたらいい？

津久井は横にいる滝本を見つめた。彼も困惑している。両手で津久井と同じように拳銃をかまえていた。

少なくとも非常事態の発生とは思えない。現場判断で突入できる事態ではなかった。様子を見るしかないか。人質がもうひとり出るのだとしたら、それはそれで悪くないことなのだから。

靴音が移動し始めた。ゆっくりとブリッジを歩き出している。滑らかな、あるいは軽い調子の靴音ではない。一歩一歩、足元を確かめながら進むような間隔。怪我をしているのか？

踊り場からは、ブリッジの上が見えない。ブリッジの向こう側で、さっき女の子を照射したように、クルマのヘッドライトがついた。機動捜査隊員たちが、驚いたような声をもらしたのが聞こえた。

「誰なんだ？」

「待て」

「早まるな」の声。

やはり人質のようだ。交渉とは無関係に、ひとり解放されたのだろう。


牧子は携帯電話を取り出すと、瀬戸口に訊いた。

「一一九番って、札幌につながるの？」

「たぶん」

すぐに電話がつながったようだ。

牧子が言った。

「急病人です。倒れています。何か発作を起こしたみたい。至急きていただけますか？」

「はい、札幌市中央区。伏見のラ・ローズっていうワイン・バーです」

「ええ、お店です。いえ、怪我じゃなくて、いきなりお店の中で倒れたんです。傷はありません。血も流していません」

「わたしは、たまたま同じお店に居合わせた客です。来見田牧子。倒れたのは、竹中光男ってひと。さあ、六十代だと思います」

「ええ。伏見のラ・ローズ。来見田由香？　ええ、わたしの娘です。さっきこのお店を出ていった」

「そうなんですか。ありがとうございます」

牧子は通話を終えた。

ほとんど同時だ。中島が声を上げた。

「あ、あのひとも」

百合は振り返った。中島は窓際に立ち、ブラインドの隙間から外を見ていた。

「どうしたんです？」と瀬戸口。

中島が答えた。

「あのひと、お年寄りを橋の上に置いていった」

牧子と山科早苗も、窓に飛びつき、遠慮なくブラインドを押し上げて外を見た。

「うちのひとったら」と牧子が叫んだ。

百合は動かなかった。たぶん瀬戸口も窓に近寄る。背を百合に向ける。それは入り口にも背を向けるということだ。無防備になる。この機会に、好奇心のまま自分が窓に駆け寄ってはならない。だいたい、牧子が叫んだ理由には想像がつくのだ。

牧子が窓から離れた。山科早苗が、悔しげな顔で自分の椅子に腰を下ろした。

牧子が早苗の前に立つと、大きく首を振って言った。

「お母さん、見たでしょ。秀也さんったら、わたしたちを置いて自分だけ逃げてしまった」

早苗が言った。

「どんな男なのか、これではっきりしたわね。妻よりも自分の命が大切なんて」

「キャリアって、みんなこうなのね。お父さんは役人としての面子《メンツ》優先。秀也さんは自分の生命優先。ひどい」

「許しません。こういうときに、男の価値ってわかるのよ。あんな亭主、捨てなさい」

「お父さんのことも言ってるのよ。妻子が人質になってるのに、お父さんたら役所の慣例ってことで逃げてるのよ。妻子はどうとでもなれと言ってるのよ」

「わたしはいまさら離婚はできないでしょ。何のためにキャリアと結婚したと思ってるの」

浅海が、部下でも叱るような調子で言った。

「あとでやって。家庭の不和を、こんなところで愚痴らないで」

牧子が驚いた顔を浅海に向けた。

「奈津子さん、わたしにそれを言うの？」目に驚きと怒りがある。「友達に、そんな口をきくの？」

「ここはわたしの店よ」と浅海は昂然《こうぜん》と言った。「店でそんな話題、大きな声でやってほしくない」

「よくもわたしにそんなことを」

「亭主にも父親にも見捨てられたんだから、少しはシュンとしてなさいよ。うるさいのよ、あんた」

牧子が憤然とした顔で浅海に指を突きつけた。唇が震えている。何か相当に激しい言葉を吐こうとしているようだ。

中島があいだに入って言った。

「落ち着きましょうよ。せっかくぼくたち、一体になっていたんです。喧嘩《けんか》する必要はないですよ」

牧子と浅海は互いに顔をそむけ合った。

突入はなかった、と百合は意識した。竹中の解放と、秀也の逃走は、機動捜査隊との交渉なしにおこなわれた。外を固める機動捜査隊にも準備はなかったのだ。何が起こったのか、判断することもできなかったろう。

瀬戸口が窓の端まで歩いてブラインドを上げた。

「爺《じい》さんを橋の上に放りっぱなしだ。死んでしまうだろ」

竹中夫人があわてて窓に駆け寄り、叫んだ。

「あんなところに！」

竹中夫人の様子からは、さっき亭主を平手打ちしたときの気丈さはなくなっていた。

長正寺が、鋭い調子で指示している。

「連れてこい。様子を聞く。お前たちは動くな。いま救急車が到着する」

「橋の上を撮影させるな。死体が転がっているように見える。マスコミは遠ざけろ」

「橋を塞いでいるクルマ、動かせるか。救急車到着までには、橋を開けたい。ストレッチャーをつけるためだ」

「フックにロープをつけておけ。いつでも引っ張れるように」

ヘリコプターの音が少し大きくなったような気がした。佐伯は指揮車を出て、夜空を見上げた。ヘリコプターの数が増えたようではなかった。少し高度を下げたのかもしれない。ブリッジにひとが出てきたこと、ブリッジ上に誰か倒れていることは、ヘリコプターに乗るレポーターにも気づかれたことだろう。長正寺はいま、橋の上を撮影させるなと隊員たちに指示したが、遅かった。もう、倒れているひとの姿は撮影されてしまった。その映像はきょうから明日にかけてのニュース番組の中で繰り返し使われることだろう。

ほどなく、ふたりの隊員に連れられて、脱出した男がやってきた。三十代後半かと見える年齢の男だった。黒っぽいスーツ姿だ。来見田秀也だろう。

長正寺が指揮車両から降りて、来見田の前に立った。

「お怪我は？」

「何もない」と男は言った。かすかに横柄そうにも聞こえた。「警察がこれだけいるのに、どうして何もしてくれないんだ」

「人質の安全優先で、タイミングをはかっているんです」

「あの年寄りは、死にそうだぞ」

「すぐに救急車がきます。お名前は？」

「来見田秀也」

「運転免許証などお持ちですか？」

「ぼくの身許を証明しろと言うのか？」

「わたしは、あなたを知らないのです」

「人質だったんだぞ」

「免許証、お持ちじゃありません？」

　長正寺が身許の確認に念を入れるのは当然だった。人質監禁事件で注意しなければならないのは、犯人が人質になりすまして現場から逃走することだ。

　来見田は憤然とした表情で、スーツの内ポケットから財布を取り出し、カードを引っ張り出した。北海道庁のＩＤカードだった。彼は総務省のキャリアと、さっき長正寺が言っていた。現在北海道庁に出向中とのことだった。

「来見田さんは」と長正寺はカードを確かめてから、来見田に返して訊いた。「どうして出てこれたのです？」

「あの年寄りをおぶって運べと命じられたんだ」

「犯人たちが暴行を？」

「いや、突然ひっくり返った。心臓発作か何かだろう」

救急車の警報音が坂道を上ってきた。そのまま、駐車場に向かうようだ。

長正寺が、ヘッドセットを通じて隊員に命じた。

「ブリッジを塞いでいるクルマをよけろ。ふたりはブリッジの上に出て、救急隊員の作業をガードしろ」

来見田がその場から離れようとした。長正寺が呼び止めて言った。

「待ってください。まだ聞かせてもらいたいことがあります」

来見田は立ち止まって振り返った。

「何です？　早く救出してくださいよ。ぼくは休みたい」

「救うためにも情報が必要なんです。犯人たちは、来見田さんも一緒に出ていいと言ったんですか？」

「おぶってゆけというのは、そういう意味だろう」

「言葉で、そう言われました？」

「いや」

「竹中さんを橋の上に放り出したのは、どうしてです？」

「塞がれてる。おぶって、あのクルマを乗り越えろと？」

「あの場で警察を呼べばよかった」

「警察がどこにいるのか、知らなかった。外の様子はわからなかったんだ」

「犯人たちの様子は？」

「焦り出している。要求が通らないんで、ピリピリし始めた。人質が危なくなってる」

「何か凶器でも出していますか？」

「わからない。隠し持っているのかもしれない。とにかくあの場は恐ろしかった。次に何が起こるかわからないくらいに、犯人たちはいきりたっていたんだ」

佐伯は、来見田の言う、いきりたつ、という言葉に違和感を感じた。それほど険悪で緊張している状況であれば、子供のほかにさらに人質ふたりを解放するだろうか。どうも来見田の言葉には誇張がある。自分が逃げてきたことの正当化なのかもしれない。

長正寺がとくに感情を顔に出すこともなく訊いた。

「玄関のドアは、どういう状態です？」

「どうって、内側からロックされていた」

「それだけ？」

「ああ」

「厨房のほうはいかがです？」

「知らない。だけど侵入してきたとき、ひとりが奥でガチャガチャやっていた」

「人質で、ほかに健康が心配されるひとは？」

「とくに」答えてから、来見田は言い直した。「妻だ。妻の牧子を早く救出してくれ。彼女は繊細なんだ。神経が持たない」

「犯人たちは、携帯電話を全部取り上げているんでしょうか」

「まとめてカウンターの上に置いている。電源は切っているようだ。固定電話も引っこ抜いた」

「携帯は、すべて？」

「いや、牧子は持ったままだ。父親と何度も話している」

「奥さんの携帯の番号、教えてください」

「ええと、覚えていない。着信履歴でやりとりしているんだ」

「奥さんの親しいお友達、ご存じですか？　携帯番号を知りたい」

「父親が知っているだろう」

「道警からは、連絡が取れないのです」

「札幌の友達は、黒澤《くろさわ》ピアノ教室の黒澤先生。調べはすぐにつくだろう？」

うしろで聞いていた田村がこれをメモした。

来見田は、ふいに思い出したように言った。

「娘はどこだ？　そばについていたいが」

「病院です」

「怪我をした？」

「いえ。でも、念のために」

「病院に行っていいかな」

長正寺が、ヘッドセットの左耳に手をやった。報告があったようだ。長正寺が応《こた》えた。

「そこを離れろ。どかしたクルマはそのままでいい」

救急車の警報音がまた鳴り出した。坂道を降りてくるようだ。

長正寺がそばの隊員に指示した。

「来見田さんを、病院に送るよう、応援の誰かに頼んでくれ」

ふたりの隊員たちが、来見田を連れてその場から離れていった。


人質はこれで六人、と小島百合はあらためて数えた。

来見田牧子。山科早苗。竹中久美子。浅海奈津子。水島彩。そして自分。残ったのは全部女性ということになった。

本来なら、集団性のパニックを心配してもいい状況だけれど、すでに犯人たちに媚《こ》びを売り始めた人質がいる。神経の細かかった男ふたりは消えた。男たちの予想外のリアクションで犯人たちが逆にパニックになる、という事態も避けられたようだ。しかし、人質に男性が混じっていたときよりも、犯人たちによる支配は強力になったと言える。もう犯人たちは、人質の中から身体を使って反抗したり、逃亡を試みる者が出ることをほとんど心配しなくてよいのだ。あとは交渉に専念できる。逆に警察側は、交渉と解放作戦により慎重にならざるを得ない。

犯人たちが企てる次の手は何だろう？　彼らは、人質のひとりが倒れるという事態に、この人質を解放するという対応を取った。心理的なプレッシャーをかけて発作を起こさせたのかもしれないが、人質の人命を優先したのであり、警察側にひとつ貸しを作ったことにもなる。しかもこのとき、もうひとりの男性人質が、犯人たちとの約束を破って、そのまま逃走してしまっている。犯人の側には、激昂する理由ができたわけだし、考えようによっては貸しはふたつになった。いや、少女の解放を入れると、貸しは三つかもしれない。犯人たちの要求がいっそう厳しいものになってもおかしくなかった。期限を短縮してくるか、付帯条件がつくか、それとも何かまったく別の要求を持ち出すか。

付帯条件って？　別の要求って？

逮捕しない、あるいは立件しないことの保証だろうか？　囚人解放といういわゆる超法規的措置が前例としてあった以上、犯人側がそれを求めることは想定しえた。

それとも、たとえばカネ？

もし犯人たちが、このあとカネも要求してくるようなら、自分がこの事件に感じている違和感も消える。とくに、瀬戸口という男の動機について、納得がゆく。これまでずっと見てきても、彼の動機にはどうしても不自然なものを感じていた。彼がただ刑務所で知り合った中島に同情と共感を覚えて、この人質監禁事件に加わったとは考えられないのだ。瀬戸口が、この事件で最終的にカネを得ようとしているというなら、得心がゆく。

でも、彼はその意図を正しく中島に伝えたうえで、犯行に加わった？　中島は瀬戸口の意図を理解しているだろうか？

そこは怪しく思えた。

浅海が、居心地の悪そうな顔のままで、コーヒーカップを手に取った。彼女はさっき彩がコーヒーを作って希望の者にサービスしたあと、わりあい頻度高くカップを口に運んでいた。もうそろそろカップも空になっていておかしくはない。見つめていると、案の定浅海は、いったん飲もうとしてから、残念そうにカップをカウンターの上に戻した。

彼女に近いスツールの上では、中島が貧乏ゆすりをしていたが、彼がまたスツールを下りて瀬戸口に近寄っていった。

「お客を三人も出してあげた」と中島が言った。「向こうもこっちの誠意に応えていいはずだよね。お店の電話、線を引っこ抜いてしまって、連絡を受けられなくなって、心配してるんだけど」

「いや、さっきも言ったけど」と瀬戸口。彼はとくに声をひそめるわけでもなく、誰に聞かれても気にしないという口調だった。「おれたちはたったふたりなんです。何が何やら、てんやわんやにならないように、ここは情報遮断しておかなくちゃならないんです」

「でも、相手の回答を聞かなければ」

「山科の娘さんの携帯電話は、つながってます。山科本部長がその気になったらかけてきますよ」

「でも、さっき、こっちの警察の田村さんてひとと話したでしょ。あのひとを通じてお願いを伝えるのは、悪くないと思うんです」

「こっちの警察だって、中島さんに親身になってくれてるわけじゃありませんよ」

「わかってくれてるように感じたけどなあ」

「常套《じょうとう》手段ですよ。中島さんは、身に沁《し》みて知ってると思ったけど」

「でも、相手は警察庁のお役人なんだし。同じ警察のひとを通じたお願いもあったほうが」

「心配しないで。三人も店から出してあげたんです。お孫さんと、婿さんまで。だから、役所がノーと言っても、山科さんは個人的にぐらついているはずです。そろそろ娘さんには電話をかけてきますよ」

「娘さんには、明日の朝から役所で考えるって、それだけですよね。これからまだ電話あるかな」

「ありますよ」

「飛行機もなくなるころだし、ぼくはちょっとだけ譲歩してもいいって気になってるんです。電話では仮の謝罪で、テレビのニュースか何かででも謝ってもらって、それとは別にあらためて直接謝罪するって約束してもらえたら、とりあえずは受けても」

瀬戸口は腕時計をわざとらしく見た。

「もう少し待ちましょう。将棋で言えば、相手の番です。こっちで王将のまわりを裸にしてやることはないんです」

「そうですか？」

「ここは踏ん張りどころです」

　中島は、不安と少しの焦慮を見せて、自分のスツールに戻っていった。

　やりとりを聞いていて、小島百合の疑念はまた少し大きくなった。犯行の主導権を握っているのは、ほんとうに中島喜美夫なのか？　さっき小声で相談していたときも、じつは中島ではなく瀬戸口が次の策を提案し、中島が了承したという構図だったのかもしれない。相談しながら瀬戸口は、まるで話題が竹中光男そのひとであるかのように演技していた。結果として、感情が高ぶりやすい性質の竹中光男は、恐怖に耐えきれずに発作を起こして倒れた。

　それも、次の手を、と繰り返していた瀬戸口の予定の策だったのかもしれない。中島に、それができるだけの想像力や予備知識があったとは思えない。

　最初は、中島が思いつき、瀬戸口がこの監禁事件の細かな技術的部分を担当するという分担だけだと思っていたが、犯行を立案し、この現場で主導権を持っているのも、瀬戸口なのかもしれなかった。

　でも、と百合は新たな疑念が湧《わ》いてきたことを感じた。主導権を握っているのが瀬戸口だとして、つまり主犯が瀬戸口だとして、彼の目的は何なの？　そのために必要な人質は、来見田牧子なの？

このふたりがここに侵入してきた以降のことを思い返してみた。中島の関心は牧子にしかない。それは明白だ。でも瀬戸口はむしろ浅海を気にしているように思える。浅海とのやりとり、浅海への振りのほうが多い。瀬戸口の関心は浅海だ。彼にとって最も重要な人物、つまり人質は浅海だと言えるのでは？　なぜ浅海が人質なのかその理由まではわからないが。主犯は瀬戸口、人質は浅海と考えれば、自分がこの場に感じていた違和感は、おおむね消える……。

考えながら、百合はつい視線を瀬戸口にすえてしまったようだ。表情が険悪になっていたかもしれない。

瀬戸口が、不審そうな顔で訊いた。

「何か言いたいことでも？」

百合はあわてて言った。

「あ、べつに何も。コーヒーをもう少しもらってもいいかなと思って」

浅海が彩に指示した。

「コーヒー、作ってきて」

「はい」と、彩が奥の厨房に入っていった。

瀬戸口が、さきほどニュースを見ていたワンセグ・ケータイに目を落とした。また速報でも入ったのだろう。いまの竹中光男の解放と来見田の逃走が映像で流れたのかもしれない。

楠木善男の札幌事務所では、高野と桜井がそのテレビの速報に見入っていた。

いましがたまで細い橋の上に、ひとりの人間が倒れていた。事件現場の建物から、ひとりの男に背負われて出てきた人質だった。背負っていたほうは、その人質を橋の駐車場寄りに横たえると、自分は橋を塞ぐ自動車を乗り越えて、駐車場のほうに逃げ出したのだ。ストロボライトがいくつも発光したから、その場でレポーターとかカメラマンが待ち構えていたのだとわかった。さっきまで、時間にして五分以上か、橋の上に横たわったままの人質を映していた。ヘリコプターからの撮影だったのだろう。テレビの画面では、人質は重傷を負っているか、すでに死んでいるかのようにも見えた。

やっといま、救急車がその場に到着した。駐車場に停まっていた一台のセダンが、橋を塞いでいたクルマをロープで引っ張った。塞いでいたクルマがよけて、橋の入り口が空いた。救急隊員が救急車からストレッチャーを持って降りてきて、橋に向かった。ふたりの男が、その救急隊員の前に出て、橋の中央部を塞いだ。建物から飛び出してくる者を妨害する格好だった。救急隊員は慣れた動作で倒れていた者をストレッチャーに乗せ、後部席へと入れた。救急車が発進したところで、橋を塞いでいた男たちも、駐車場の暗がりの中に消えた。

画像にテロップが出た。

「人質さらにふたり解放。ひとりは怪我をしている模様」

画像は、通常番組に戻った。お笑い芸人たちが、盛んに拍手している映像だ。高野はリモコン・スイッチでべつのチャネルをザッピングしたが、臨時ニュースはやっていなかった。その局だけが、いまの映像を流したのだ。

桜井が言った。

「ひとり怪我をしたなんて、犯人たち、やっぱり凶悪じゃないですか」

高野も、不安が募ってきたことを意識しながら言った。

「お嬢さんが心配だ」

「先生に、いまのニュースのことを。東京じゃ、ニュースにはなっていませんよ」

高野はうなずいて、携帯電話を取り上げた。

楠木善男がすぐに電話に出た。

「見ていた」と、楠木が苦しそうな声を出した。

「東京でも?」と驚いて高野は訊いた。

「キー局が放送した」

重大ニュースという扱いのようだ。

「こっちでも、速報で人質救出の実況でした」

「ふたりとも、男だったな?」

「そう見えました」

「店の中は、そうとうに危険なんだろうな」

「人質を怪我させるぐらいですから。お嬢さんの身が心配です」

「その後、脅迫のほうは？」

「あれ以降は何も」

「おれのツイッターに書き込んでくれ。今夜は寿司を食べたいと」

意味はわかっている。強請に応じるということだ。つまり、カネを出す。

「支払うんですね？」と、高野は確認した。「三億円を」

「ああ。ただ、娘の安全を保証させたいが、どうしたらいい？」

「寿司について書き込むのが返事なんですから、そこにひとことつけ加えるとか」

「たとえば？」

「食中毒の心配のない寿司を食べたい、とか」

「意味は伝わるか？」

「わかると思います。もっとはっきり書いてもいいかもしれませんね。安全な寿司が食べたい、でもいいかもしれません」

「書き込んでくれ。それで何か反応があるんだろう」

「すぐやります」

「カネを支払う用意も」

「はい」

電話を切ってから、高野は桜井にいまのやりとりの要旨を伝えた。

桜井は意外そうに言った。

「警察だって、黙っていないでしょう。すぐにも救出にかかるかもしれません」

「混乱の中で何が起こるかわからない。書き込め」

「今夜は寿司が食べたいと？」

「安全な寿司を食べたいと」

「はい」

桜井が椅子を回転させてパソコンのモニターに向かい合った。

佐伯は長正寺を見た。

彼は自分のヘッドセットを押さえ直したところだった。通信司令室からの指示があったと見えた。

「ニュース？」と彼はつぶやいて、計器板の最上部に二台並んだテレビ・モニターに目を向けた。一台はチャネルが公営放送に固定されている。もう一台は、民放の放送を観ることができる。さっきから、この事件で速報を流している局にチャネルが合わせてあった。

映像は札幌市立病院のエントランスのようだ。来見田秀也の顔が映っている。倒れた年輩者を追いかけて、マスメディアの一部が病院にまでやってきたのだろうか。長正寺が音量スイッチに手を伸ばして、音声を大きくした。

来見田秀也は、何台ものテレビ・カメラやスチル・カメラに囲まれ、少し上気した顔で言っている。レポーターの質問に答えるかたちで話しているようだ。

「犯人はふたりです。一見、凶器のようなものは持っていませんが、ひとりはハンターの着るようなジャケットです。何を隠しているかわかりません。

あの竹中さんに何があったか、よく見ていないんです。ちょっと目を離していたら、倒れていた。何かされたのかもしれません。

とにかく中は恐ろしいことになっています。

みんな恐怖で縮み上がっている。早く妻やほかの人質を救出してくれないと、このあとどうなるか。それが心配です」

画面は放送局のスタジオに戻った。

「解放された来見田秀也さんでした。札幌市立病院から中継でお送りしました。事件発生からほぼ三時間がたっています。一刻も早い解決が望まれます」

長正寺が、ふっと鼻で笑うような表情を見せてから、田村に交渉再開を指示した。

「始めてくれ」

いま田村の目の前の計器板の上には、来見田牧子の携帯電話の番号が記されている。彼女の友人から聞きだしたものだ。

田村がその数字を順にプッシュして、牧子の携帯電話にかけた。

佐伯のヘッドセットに、女の声が入った。

「はい？」

怪訝《けげん》そうだ。

登録もなく、心あたりもない番号なのだ。当然だ。

「北海道警です」と田村が言った。「来見田牧子さんですか」

「ええ、そうですが」

「ご主人は無事です。竹中光男さんも、病院に運びました」

「これって、どうしてわたしに？」

「いま、電源の切られていない電話は来見田さんのこのケータイだけだと、ご主人から教えていただいたのです。犯人たちとは話せそうですか？」

「ええ。たぶん」

「中島さんに代わってもらえますか。さっき話した北海道警の田村だと言ってください」

「待ってください」

声が聞こえなくなった。

少しだけ、くぐもったような人間の声。言葉は聞き取れない。

それから、男の声が出た。

「中島です」

牧子の携帯電話が、中島の手に渡ったようだ。

「ありがとう」と田村は言った。「またふたりも解放してくれて、感謝しています。できれば、ほかにも無関係のひとを、ひとりずつ出してやってくれないか。そろそろ疲れきっているはずだ」

中島の声が、ヘッドホンを通じて流れてきた。

「疲れきっていると言うけど、協力をお願いしてから、まだたった三時間ぐらいですよ。ぼくなんて、逮捕された日、いったい何時間取り調べを受けたと思っているんです？」

「わかります。それは富山県警のとんでもないミスだし、国も賠償請求に応じた。いちおうは区切りがついたことではないかと思うんです。無関係なひとを、解放してやりませんか？」

「謝罪はどうなりました？　山科さんの娘さんがまた電話をしていたけれど、朝になって役所が決めるまで、自分の立場じゃ何もできないと答えたそうです。明日の朝までなんて、ぼくは待てませんよ」

「突然すぎて、誰もそうそう簡単には動けないんです。しかも夜になっているんだし」

「ぼくは、釈放されてから二年間、同じお願いを言い続けてきた。きょう初めてお願いしたんじゃないんですよ」

佐伯は思った。中島の声がさっきよりも早口になっている。饒舌《じょうぜつ》になったわけではないが、焦りを感じてきていることはたしかだ。ストレスがたまってきている。この膠着《こうちゃく》状態にいらだちはじめている。回答のはぐらかしや引き延ばしは、むしろ温厚そうに思えた中島を、追い詰めてしまうのではないだろうか。

田村が言った。

「わたしたちも、山科さんや警察庁の誠意ある回答を待っているんです。でも、やはりきょうの件は急ぎすぎです。先方も考えている時間もないんですから」

「考える時間はいくらでもあったと思うんだけどなあ」

「こちらからも、山科さんにはあらためて中島さんの要求を」

「要求じゃない。お願いです」

「そうでした。お願いを、伝えます。その回答がどうしても明日になるのだということなら、それまで協力してくれるひとたちがそこにいても、することもないですよね。うちの者を代わりにやります。交代させませんか？」

「どういう意味なんです？」

「お店にいて、中島さんに協力する者を、うちから、つまり北海道警察本部から出しますよ。うちは富山県警とは別です。中島さんのお願いは理解できます。ある意味で、一般のひとよりも心強い協力者になりますよ」

「そんなことを言って、ぼくをまた逮捕しようとするんでしょう？」

「協力するんです」

「逮捕しない？」

「交代でお店の中に入った者には、何もできません」

「何人と交代させるって言うんです？　山科さんの娘さんは、とても協力的だから、ここに残ってくれると思いますよ」

また少しの間。中島が牧子に、それでよいかと訊いたのかもしれない。しかし、そう問われたところで、牧子が正直に答えられるはずもない。協力すると、あたかも自主的な言葉のように答えるしかない。

また中島の声。

「娘さんはこのまま協力してくれるそうです」

「浅海さんと、お店の従業員さんはどうです？　たまたま居合わせただけです。中島さんに協力すると言っても、やはり無理があるんじゃないでしょうか」

「ここの女のひとたちのこと？」

「そうです。竹中さんの奥さんも、ご年輩です。健康が心配だ。そのひとたちを、出してやりませんか。本人たちがたとえ残ると言っても、中島さんが気づかってあげて」

「代わりに警察のひとが何人くるんです？」

「何人でも」と田村が答えた直後だ。

電話にべつの男の声が入ってきた。

「駄目だ。警察なんて、信用できない。ここには入れない」

「あなたは？」と田村が冷静に訊いた。

「瀬戸口。さっきも話している」

「三人を店から出してくれて、感謝しています。どうも警察庁の動きが鈍くて、明日の朝まで回答は出ないようなんです。そのあいだ、うちの者がみなさんの代わりを務めようかと、中島さんに提案したところです」

「駄目だって」と、瀬戸口が言った。警察に対しては、まじりけのない反発を持っているとわかる声。「店にいるひとたちは、いまは中島さんの強力な支援者です。あんたたちがいなくても間に合ってる」

「女性ばかりじゃ、神経がもたない。うちの女性警官と交代させるというのはどうです？」

「無理、無理。意味ないよ」

「全員でなくてもいい。あとふたりだけ、竹中さんと、店のオーナーさんを出すというのは」

「駄目だって！」

「おふたり出したって、支援者はまだ残るんだし、女性ふたりを早く解放すると、世論の受けも違ってきますよ。このままでは、中島さんたちのやっていることが、とてもひどい犯罪のように報道されてしまう」

「浅海も竹中って女性も、駄目だって！」

「ウエイトレスの水島さんは？」

「くどいよ、あんた。婦人警官なんて、こっちを逮捕する罠《わな》だとわかってる。それより、警察庁をせっつきなよ。切るよ。こんど電話するときは、進展があったときだけだよ」

「もうひとつだけ」

「何？」

「お店で必要なものはないかな。みなさんの体調が心配なんです。水、毛布、食べ物。持病があるひとの薬。退屈しのぎになるもの。ゲーム機でも雑誌でも」

田村がそこまで言ったとき、長正寺が佐伯に、デスクの横にあるゲーム機を指で示した。意味ありげな微笑。佐伯は察した。ゲーム機の中に、マイクが仕込んである？

瀬戸口という男が言った。

「いらない、何にも」

「ぼくらとの専用連絡用の携帯は必要ないかな。ほかのひとの電話には、余計な着信もあるだろうし、気が散るだろう。ぼくも、中島さんたちとは、確実につながっていたいんだ」

「適当にやるから。必要になったらこっちからかける。この電話は、警察電話なのかい？」

「ぼくの個人用の携帯電話だ。いつでも電話をくれ。ぼくが出る。中島さんともう一度話はできるかな」

「もういいよ。切るよ」

通話が切れた。

田村が、首を振りながら長正寺を見た。とりつく島もない、とでもいった顔だ。

長正寺が言った。

「十分だ。焦ることはない。信頼関係はできた。次で、あとふたり出させたらいい」

田村が言った。

「瀬戸口って支援者は、たぶん取り調べ慣れしていますね。詐欺の前科でしたっけ？」

「警察嫌いがありありだったな」

「一瞬、こいつが主犯だったかと勘違いするところでしたよ」

主犯。

佐伯はその言葉に反応した。自分も、気になってきていたのだ。この事件、なるほど基本的なところは、中島喜美夫という男が、元富山県警本部長を相手にした人質監禁事件と見える。要求は、富山県警による誤認逮捕と、結果としての冤罪事件について、被害者である中島喜美夫に元本部長が誠実に謝罪すること。もうひとりの監禁犯である瀬戸口という男は、自分は中島に同情した支援者である、と名乗っている。彼自身は何も要求など出していない。

しかし、三度にわたる交渉人とのやりとりを聞いていても、店の中で事件を主導しているのはほんとうに中島喜美夫だろうかという疑念が湧いてくるのだ。前の二度では、中島はしきりに瀬戸口に答えかたを相談していたようだった。いまのやりとりでは、瀬戸口が電話口に出て、交渉人と直接にやりあった。このとき瀬戸口はほとんど中島と相談していたようではなかった。

もと本部長の娘を人質にとって要求を出す、と思いついたのは中島かもしれない。しかし、電話を通じて聞く中島の声、言葉の調子を考えると、中島はこれほど大胆な犯罪を企画し、主導できるタイプの男には思えなかった。声から想像するに、彼はさほど気が強くはないし、何ごとにも積極的な男ではない。むしろ、たとえば取調室で居丈高にお前が犯人だろと言われれば、そのとおりですと答えてしまうような男に感じた。じっさいそうであったから、富山県警は中島を誤認逮捕してしまったのだろう。ろくに証拠も揃《そろ》わぬうちに、証言の裏を取ることもなくだ。

そんな中島が、この人質監禁事件を主導できるか？　いや、思いつくかどうかさえ怪しく思えてきた。事件を発案し、実行に移したのはもしかして瀬戸口か？　中島はむしろ、瀬戸口に巻き込まれた口と考えることはできないだろうか。

いや、と佐伯は思い直す。そんなことをして、瀬戸口にどんな利益がある？　人質監禁事件は、成功率のおそろしく低い犯罪だ。要求を通したところで、包囲から逃げ切れるものではない。日本の警察にとっては、日本赤軍のダッカ日航機ハイジャック事件ぐらいしか犯人側勝利の例は思い浮かばないだろう。つまり瀬戸口は長くとも四十八時間以内に確実に逮捕される。新宮の知識で言うならば、三カ月以上七年以下の懲役となるのだ。たとえ情状が認められたとしても、はたして逮捕、起訴、服役という結果は、瀬戸口にとって受け入れられるものなのかどうか。中島への共感、という理由だけで、もう一回刑務所に入ることが納得できることなのかどうか。少なくとも自分には、それが合理性のあることとは思えない。

いや、合理性だけでものごとに対応できるような人間ばかりなら、世の中に犯罪は起こらない。ひとはしばしば合理性では説明のつかない行動をしがちだ。複雑にからみあう考慮の要件のうちで、合理性以外のものを根拠に、犯罪という選択肢のほうを選び取る。たとえばいっときの多幸感や、自尊心、あるいはなんらかの自己証明のために。瀬戸口にとっては、中島を襲った不幸、悲劇に同調することが、十分にいま自分を幸福にする、誇りを満足させると信じうるのだろうか。そんなはずはない、と否定するだけの何の証拠も、自分は持っていないが。

6

小島百合は、最初に中島が出て、つぎに瀬戸口が代わったやりとりを聞いていた。来見田牧子にかかってきた電話だ。あれはやりとりの中身から、まずまちがいなく機動捜査隊の交渉人からの電話だったはずだ。機動捜査隊は、店の固定電話がケーブルを抜かれた状態なので、仕方なく牧子の携帯電話にかけたということなのだろう。さっさと逃げ出した来見田秀也が、たぶん機動捜査隊に番号を教えたのだ。

山科邦彦は、というか警察庁はまだ、謝罪することを決めていない。中島はそのことに不満をもらし、なぜそれができないのかを不思議がっていた。当然だろう。中島はたぶん、官僚機構や官僚制度について知識は薄い。間違えたことをしたなら人間として謝ってほしいと、素朴に願っているだけだ。それが、難しい、できない、と返答されることのほうが理解しがたい。だから中島はひたすらお願いを繰り返している。

しかしその電話を、途中から瀬戸口が代わった。交渉人から、人質のいっそうの解放など具体的な話になったからだろう。彼はこれ以上の人質の解放についてもノーと答えた。婦人警官は罠《わな》だ、とも言っていた。ということは、交渉人は人質の代わりに女性警官を出すということまで提案したのかもしれない。

でも、それほど重大な提案について、瀬戸口は中島に相談しなかった。彼が即座に断っていた。

ということは、やはりこの場の主導権は瀬戸口が握っているということのように思える。中島は、瀬戸口が思いついた犯罪に、引き込まれただけではないのか。もっとも、そうだからとして、瀬戸口に何の利益があるのかわからないという疑問はそのままなのだが。百合は、瀬戸口の振る舞いをひとつひとつ思い起こしてみた。最初の交渉の電話のあと。あの由香という少女を解放したあとのこと。

瀬戸口は、ワンセグ・ケータイでテレビ・ニュースを確認していた。中島と一緒に観《み》ている。そのほかに、彼はわざわざ浅海奈津子のスマートフォンを借りて、ディスプレイに真剣な目を落としていた。あれは、メールを読んでいたのか？　いや、浅海のもとに届いたメールを読む意味はない。彼は何を気にしていたのだろう。

浅海の携帯電話はスマートフォンだ。ウェブサイトを読むのが容易だ。この監禁事件の途中で、犯人側が気にしなければならないウェブサイトとはどんなものだろう。ニュース速報か？　警察の動きを、ウェブサイトで知ろうとした？　でも、そんなところにどれだけ詳しい情報が出る？

　事件について、ニュースに触れた世間がどんなふうに語っているか、それを知りたがった？　つまりこれは、世間の受けを何より気にした劇場型犯罪なのか？　中島はともかく、瀬戸口にとっては、自分がどれだけ世間を驚かせることをやったか、それを誇示するためだけに、この監禁事件の従犯となった?

いや、と百合は考え直した。それであれば、瀬戸口はもっとマスメディアとの接触を求めるだろう。積極的に放送局や新聞社に自分から電話をかけ、自分が何をやっているかを語るだろう。店の中にレポーターを呼ぶということまでやるかもしれない。でもいまのところ、瀬戸口にはそれがテーマだという印象もない。自己顕示欲の強い犯罪者という雰囲気でもないのだ。狡猾《こうかつ》さと、計算高さは感じるが。それに、語ることとやることの、どこか芝居じみた臭《にお》い。

芝居。演技。

百合の頭にいくつか、関連するキーワードが浮かんだ。

主役。脇役。黒子。演出家。テーマ。隠された主題。

この場合、誰が主役で、誰が脇役になる? 演出家は誰で、彼は舞台上に何を見せている? 客が観ている舞台の裏に何がある? 俳優たちには役割の分担があり、ひとりひとり何かしらの役割を演じている。でも、素の俳優たちが抱えている人生は別のものだ。語られるセリフも、役者の実人生とは無縁だ。もしこの深刻で緊迫した事件が、じつはお芝居だとしたら。俳優たちの関心ごとは、じつはべつのところにあるとしたら。

小島百合が、いま確実だと想像できるのはひとつだ。瀬戸口は、携帯電話を使うことなく、ネットで外と連絡しあっている。いや、瀬戸口のほうから発信している様子はないから、瀬戸口はネットで外からの連絡を受けている。そういうことだろうか。

自分の携帯電話を使わないのは、発着信履歴やアクセス履歴を自分の携帯電話に残したくないからだろう。だから、他人のスマートフォンを使って、何かのサイトを見るかメールを読むかしている。

他人、という言い方はあいまいすぎる。瀬戸口が使っているのは、浅海奈津子のスマートフォンだ。履歴を残したくない瀬戸口が、わざわざ浅海のスマートフォンで何かのサイトを見る理由、ネットにつなげる理由は？

浅海のスマートフォンの中にすでにそのサイトが登録されている？　つまり、ほとんど面倒な操作なしにそのサイトにアクセスできる？

浅海がお気に入りに登録しているようなサイトって何だろう。まず確実に、自分のこの店の広告サイト。そして、ＳＮＳのどれか。日本生まれのソーシャル・ネットワークか、あるいはアメリカの大学から発祥の世界的ＳＮＳか。いや、ツイッターを使っている？　ツイッターならば、発信者個人の特定は難しかったはず。瀬戸口には外部に誰か連絡をくれるような協力者がいるとして、使うならツイッターだろう。

待てよ、と、焦っている表情の瀬戸口を意地悪な気分で眺めてから、百合はさらに考える。真の人質がどうやら浅海奈津子らしいと想像できるいま、瀬戸口たち犯罪グループが脅迫の対象とするのは、あの有名国会議員、楠木善男ではないか。楠木のもとになんらかの脅迫が届けられ、楠木が回答する。金品の受け渡しもあるのかもしれない。その確認に、楠木善男の持つホームページとか、ツイッターが使われているという想像はどうだ？　父親の仕事用のホームページはともかく、ツイッターとかSNSであれば、娘の奈津子がつね日頃見ている可能性は大きい。

楠木善男のホームページ・コメント欄、あるいはSNS、ツイッター。その手のサイトで、瀬戸口は外部からの情報、連絡を受けている……。

百合は立ち上がった。

瀬戸口が、浅海のスマートフォンから顔を上げて百合を見た。

「またトイレに」と、百合は言った。

瀬戸口は、行けと顎《あご》で示した。

佐伯は交渉人の田村に言った。

「さっきのやりとり、ちょっと気になった部分があったんですが、思い出せます？」

田村がうなずいて、目の前のデスクからメモパッドを取り上げた。

「録音もある」と田村は言った。

長正寺が、何か、というように佐伯に目を向けてくる。

佐伯は田村と長正寺の両方に言った。

「女性警官を身代わりにという提案のとき、田村さんは、竹中夫人と店のオーナーを次に解放しないかと持ちかけましたね」

「関係の薄い順。そして年齢順で言った。三番目に水島彩。警官の小島は最後まで残す」

「瀬戸口の返事は、その順じゃなかった。浅海も竹中も駄目だ、と答えませんでしたか?」

田村はメモに目を落としてから答えた。

「そういう順だった」

「瀬戸口は、田村さんの言葉には出ていない浅海という名前を使って答えた。人質に取っているんですから、名前を知っていてもおかしくはないんですが」

長正寺が首をかしげた。

「どこかおかしいのか?」

「人質の重要性です。瀬戸口は、浅海の解放は駄目だ、と答えたのではないか、という気がしたものですから」

「人質でいちばん大事なのは、山科の実の娘だ。次が、山科にとっての妻。店のオーナーの浅海奈津子はどうでもいいはず」

「だとしたら、駄目だ、という言葉が強すぎた」

「何を言っているのか、わからないぞ」

「この事件、ほんとうの人質は山科邦彦の娘ではなく、浅海奈津子ではないかとふと思ったんです」

「いまの理由でか?」長正寺は苦笑した。「浅海奈津子を人質にして、何が手に入ると言うんだ？」

長正寺の言葉で、佐伯はもやのようにわだかまっていたものが、ふいに形を取ったと意識した。あまりにも不自然すぎるので自分が考えまいとしていたことを、長正寺はあっさり口にしてくれた。

浅海奈津子を人質にして、何が手に入るか？

派閥を率いる有力国会議員の娘が人質なのだ。解放の見返りに手に入るものは何か。さほど難しいクイズではない。とくに楠木善男の噂《うわさ》をいろいろと聞かされている北海道の有権者のひとりとしては。

彼の選挙区では、建設、土建、設備関連の業者は後援会に入ることが求められる。入会しなければ、公共工事から完全に締め出される。露骨に干される。後援会に入れば、選挙では人手を出すことが義務づけられている。貢献度は数字で把握され、順位が関係者に知らされる。下位の業者は冷や飯を食わされるのが慣習だ。また公共工事を受注したらしたで、キックバックは受注額の三パーセントから五パーセントだ。楠木王国の、税がこれだ。世の中の誰も、楠木善男のことを資産家とは考えていないが、彼は北海道の公共工事関連の数千億の国費を事実上自由にできる。自分の口座の残高を減らすことなく、あらゆる消費財や高額サービスを手にすることができる。高級セダン、自宅、マンション、ゴルフ場会員権、お手伝いさんに運転手、秘書、ファースト・クラスの飛行機チケット……。すべて後援会傘下の企業や中小業者による無償提供だ。彼はおそらくこの十年以上は、自分で何か商品かサービスの購入のために自腹を切ったという経験はないはずである。

四年前か、彼のこうした「キング」ぶりがマスメディアの批判を受け、彼は一時党の役職を退いたことがあった。このとき、道警本部の中で、北海道庁関連のサンズイの事件、いわゆる汚職事件との関連が取り上げられたとも聞いた。公共工事の入札をめぐって、北海道庁の課長が業者から収賄を受けていたという一件だ。業者というのは、タクシー業界から身を起こし、やがて観光バス、重機のリース、ホテル業、不動産開発へと事業を拡大していた人物だった。楠木善男の後援会の有力者で、最大スポンサーとも目されている。スポンサーであるということは、彼自身が逆に巨額の国費で潤ってきた、とも想像できるのだ。つまり、楠木のもとにはカネがある。それも、かなり危ないカネが。支払調書や領収書の必要とされないカネ。出し入れが記録されないカネ。つまりは現金が。

佐伯はいったん指揮車両を離れ、携帯電話を取り出して、同僚を呼び出した。同じ大通署にいる男。先日も、原発関連の経済事犯を挙げたばかりだ。

彼、山上哲夫《やまがみてつお》が一度、酒を飲んだときに話していたことがあった。楠木までたどりつくかもしれない疑惑が出てきたと。ただし、国会議員の名が出てくる以上は、現場ではもう捜査のあれやこれやを勝手にいじるわけにはゆかない。本部長案件になる。もっとあっさり言ってしまえば、事件化しないことがまず指示される。

山上が出たところで、佐伯は聞いた。

「いま大丈夫か？」

「待ってくれ」と、山上は言った。「いいぞ」

ひとの耳のある場所から離れてくれたようだ。

「いま伏見で人質監禁事件が起こっている。知っているか？」

「あらましは。富山県警の元本部長の娘が人質だって？」

「ああ、表面上は」

「表面上って、どういう意味なんだ？」

「場所は、伏見のラ・ローズって格好つけたバーだ」

「らしいな」

「その店のオーナーは、楠木善男のじつの娘だ。浅海奈津子。一緒に人質になった」

「あ」と山上が小さく驚きの声をもらした。「それって偶然なのか？」

「お前もそう感じるだろう？」

「もと本部長の娘を人質にとっても、相手はしょせんキャリア官僚だ。頭下げる以外にできることはないだろう。だけど楠木の娘なら、もっと通俗なものを要求できる。しかも、被害届けは出ない」

「どうしてだ？」

「言わせるのか」

「もったいつけるな」

「キーワードを三つ言うから、想像しろ。カサキスタンODA。元隅物産。大統領からの謝礼」

「外為《がいため》案件ってことか？」言ってから思いついた。「政治資金規正法か？　外国政府からの闇献金《やみけんきん》？」

「いい勘だ。二課に来いよ」

「その情報は、けっこう漏れてるってことか？」

「いや、関係者、さすがにガードは固いよ。もういいか？　密行中なんだ」

「ひとつだけ。関係者ってのは誰のことを言ってる？」

「商社。銀行。所轄官庁」

その連中は、情報を漏らしていない。あるいは、脅迫ができるほどには全体の情報を知らないということだ。となると。

佐伯は訊いた。

「その通俗なモノ、というのは、どこにあるんだ？」

「それってふたつ目だぞ」それでも山上は教えてくれた。「総選挙も近いって話だ。想像しろ。すまんが、切る」

通話が切れたので、佐伯は携帯電話をたたんだ。新宮が、どうかしましたかという目を向けてくる。

佐伯は言った。

「今朝の自動車盗難。楠木善男の秘書が青ざめていたな」

新宮がうなずいた。

「妙な事件でしたね。何かの脅迫みたいにも見えた」

「脅迫だったんだ。お前、うちの捜査員たちにあたって、楠木善男の事務所職員、私設秘書、運転手なんかの名前を洗い出せ。やつの子飼い代議士の秘書たちも。中島喜美夫か、瀬戸口裕二と接点のある男がいないか」

「はい」と言いながら、新宮はすでに自分の携帯電話をジャケットの内ポケットから出していた。

「退職した生き字引連中にも訊け」

「検索スキルの高い連中にも手伝わせます」

自分もひとり思いついた。今年定年退職して、楠木の所属する政党の北海道支部に再就職した男。主に暴力団対策で雇われたが、政治活動のきわどい部分について、各級議員たちを相手にしての法律相談めいたこともやっている。選挙に出る候補予定者たちの、いわゆる身体検査も受け持っていた。本人や身内の犯罪歴、不倫、女遊び、借金、暴力団との交際などを、警察官の経験を生かして調べ上げるのだ。おそらくは、道警の現役職員からも情報を流してもらっているはずである。彼ならば、議員の事務所や秘書たちの名や動向をかなり知っている。

「枝光《えだみつ》という、もと警察官がいる」佐伯はその政党名を口にしてつけ加えた。「北海道支部の正式顧問になってる。秘書や運転手の名前ぐらい、頭に入っているはずだ。たいして親しくはなかったけど、ケータイ番号は本部の暴対でわかるはずだ」

「すぐ聞いてみます」

そのとき指揮車両から長正寺が呼んだ。

「小島百合だ」

佐伯は車両に飛び込んだ。田村がすぐにヘッドセットを手渡してきた。佐伯はそのヘッドセットを装着して、耳をすました。

百合の声が聞こえてくる。

「いいですか。一度しか言いません。質問はしないでください」

声をひそめている。洗面所かどこかでしゃべっているのだろう。

「主犯は、瀬戸口という男のようです。彼が事件を主導。浅海のスマホで、しきりにネットを気にしています。中島喜美夫は従犯です」

佐伯は長正寺と顔を見合わせた。長正寺も、それは意外だという顔になっている。瀬戸口が主犯だとしたら、もと富山県警本部長に謝罪させろという要求の意味がわからなくなってくるのだ。交渉の仕方も変えねばならないだろう。お前たちのほんとうの要求は何だ、と聞かねばならなくなるかもしれない。

百合の声がまた入った。

「楠木善男のホームページとか、SNSとかツイッターとか。娘もよくアクセスするサイトを通じて、何か外部と連絡を取り合っているのかもしれません。瀬戸口のほうからは、何か発信している様子はありません」

少しの間があって、声の調子が変わった。

「いったん洗面所を出ます。音声はこのままです。絶対にこっちにしゃべらないでください」

カタカタという音。水を流す音。キッと何かがきしむ音。そして衣擦《きぬず》れ。

耳をすましていると、また百合の声が聞こえた。

「お願いがあるんですけど、誰にお話しすればいいですか？」

店の中に戻った。中島か瀬戸口に声をかけているようだ。

「あ、瀬戸口さんにお願いすればいいんですね？」

小島百合は、おれだとうなずいた瀬戸口を見た。

「お願いって、何？」

「じつは、九時に友達と会う約束をしていたんです。もう過ぎてしまって、友達も心配しているかもしれない。携帯電話、もう一回使わせてもらえませんか」

「もうちょっと我慢してよ」

「お願いです。短い電話でいいんです。いいえ、メールでもいい」

「あとで」

「電話もメールも、駄目ですか？」

「駄目だ」

「いまは駄目なんですね？」

「くどいよ」

「はい、わかりました」百合は口調を変えた。少し荒い息を吐きながら。「あの、息苦しくて、さっきの竹中さんみたいになりそうな気分なんです。ちょっとだけ外に出て、深呼吸するのはいけませんか？」

「何を言い出すの？」と、瀬戸口は言葉に凄《すご》みをにじませてきた。「あつかましくないかい？」

「どうしてです。こんなに協力してますが」

「うるさいよ！」

「そんな。怒鳴らないでください」

「怒鳴ってないよ！」

「ごめんなさい。そんな怖い声を出さなくても。駄目なんですね？」

「駄目だ、って言ってるでしょ」

「はい。駄目なんですね。はい」

百合は自分の椅子の前まで進んで、もう一度瀬戸口を振り返った。

「もうひとつ思いついたんですけど」

「なんだよ！」と瀬戸口。

「ここにいるひとたち、牧子さんのケータイを借りて、お父さまにかわるがわるお願いするというのはどうでしょう？　人質のひとたちがみんなでお願いすれば、山科さんの気持ちも動くのでは？」

「必要ない。全然必要ないね」

「必要ありませんか。わかりました」

百合は椅子に腰を下ろすと、瀬戸口に背を向けてスマートフォンの電源を切った。

言葉が途切れたのではなかった。通話が切れたのだ。もう声は伝わってこない。

指揮車両の中で、長正寺が首を振りながら言った。

「いま小島百合は、おれたちに何か伝えようとしたのか？」

佐伯は言った。

「駄目だ、電話させない、外には出さないという威圧的言辞を口にさせたんです。もう公判では、協力をお願いしただけだという言い分は通らなくなった。小島は人質という言葉も使った。たぶん瀬戸口はそれを否定しなかった。いま、完全に人質監禁事件が成立したんですよ」

長正寺が苦笑した。

「主犯だっていう瀬戸口は、それに気づいたのかな」

「もうろくにそこに注意は向いていない。外からの何かの合図を待っている様子とも言っていましたね」

「スマホ見ているということだったが、メール待ちか？」

「浅海奈津子のスマホですよね。メールじゃありません」

田村が言った。

「小島は、楠木善男のホームページとかSNS、ツイッターとか言っていました」

「そんないまふうのもの、あのオヤジがやっているか？」

「秘書にやらせているのかもしれません。宣伝効果の大きい媒体なんです。国会議員は目ざといと思いますよ」

佐伯は言った。

「浅海奈津子が、自分のスマホでよく見ているページだ。そこを通じて、瀬戸口はなにごとか連絡を取り合ってる」

「どうしてそんな手間を？」

そう問われてから、佐伯は答に気づいた。

「自分の携帯電話に、閲覧履歴も着信履歴も残したくないんだ。逮捕された後も、外の誰かとは完全に無縁を主張する」

　指揮車両のボディが軽く叩かれた。振り向くと新宮だった。手帳を開いている。

「失礼」と新宮は長正寺に顔を向けて言った。「瀬戸口裕二という男のこと、照会されたと聞きましたが」

「ああ」長正寺はクリップボードを新宮に手渡して言った。「何か？」

「いま、浅海奈津子との関連で、周辺の人間を当たっています。瀬戸口裕二の経歴を頭に入れておきたくって」

「これを持ってゆけ。おれはもう一枚送らせる」

　佐伯は車両の外に出ると、新宮に訊いた。

「ここまでで何かわかったか？」

　新宮は、メモを見ながら答えた。

「枝光さんはまだつかまっていないんですが、今朝のあの高野って男は函館出身、札幌の大学を出て私設秘書、八年前に公設第一秘書が道議会議員になったので、公設秘書に昇格。完全な草履取りです。東京の公設秘書と政策秘書も、経歴を調べてもらっています。札幌事務所にはほかに、ひとり秘書兼運転手がいます。最近入った男のようです」

　歩きかけてから、新宮は立ち止まった。

「瀬戸口って男も、函館出身なんでしたね」

「学校が一緒かな」

「年齢がひとまわり以上違っていますが」

「もう少し当たってくれ」

佐伯は、指揮車両の中に戻ると、技術担当の若い捜査員に言った。

「楠木善男って、自分のホームページなんて持っていないのか。宣伝用の」

吉屋《よしや》という若い捜査員が、PCのモニターに目を向けて言った。

「ウェブサイトですね。何か？」

「そこで、何か選挙民とやりとりできるようになっていないのかどうか知りたい」

「できますよ。双方向のコメントとか。いまの国会議員なら、ツイートっていうのをやってるひとも多いんですよ」

「人質の浅海奈津子はどうだろう。やってるかな」

「有名人でないと、探し出すのは難しいかもしれません。本名を使わないひとが多いから。でも、お店のサイトを持っているかもしれませんね」

吉屋はキーを数回叩いただけで、そのサイトを発見した。

「楠木善男のサイト、ありました」

佐伯はモニターをのぞきこんだ。

国会議員・楠木善男の日々精進、というタイトルがついている。

メニューには、楠木善男のプロフィール、国政報告、東奔西走、赤坂便り、といった文字が並んでいた。

捜査員が「赤坂便り」というページを開いた。この場合、赤坂というのは、議員宿舎の所在地を意味しているのだろう。

そこに、きょうの彼の行事が記されていた。

十二時、党外交委員会、カレーライスを食べながら。

十四時、札幌市建設業協会来訪

十五時、北海道新幹線着工期成会来訪

コメントを書き込む欄はない。

「これじゃない」

「こっちでしょうか。オヤジのつぶやき、ってリンクがあります」

オヤジ、というのは普通名詞ではない。楠木善男の愛称だ。そう自称することもあるらしい。庶民性の演出なのだろう。

「あ、本人のツイートのまとめページですね。プロフィール欄も、国会議員と自己紹介。写真も出ている。ホームページからリンクされているのですから、本物でしょう」

「きょうは何か書いていないか？」

「いちばん上が、きょうの書き込みです」

そこに、いかにも楠木自身で書き込んだかと思える短いコメント。

「安全なら、今夜は寿司を食べたい」

書き込まれた時刻も表示されている。午後九時二十四分だ。

佐伯は腕時計を見た。たった十分前だ。

佐伯は、不審に感じた。楠木善男はたしか今夕、刑事部長に対して人命最優先を指示してきたのではなかったか？　つまり娘が人質となった監禁事件の発生を知っている。なのに、十分前には、寿司を食うという書き込み？　のどかすぎないか？　娘が事件に巻き込まれたことを、ことさらいまの時点でサイト上に書く必要はないが、今夜食べるもののことについて書くのも、どうかしているという感覚だ。何も書く必要のないことだった。

十分前。

来見田秀也が脱出し、テレビ・カメラの前で中が危ないと強調していたのは、もう二十分ぐらい前になるだろうか。楠木は東京でそのニュースを見ていてもおかしくはないのだ。なのに、彼の関心ごとは今夜食う飯のことか？

佐伯は吉屋に訊いた。

「このコメントの書き込み時刻、間違いってことはないか？」

「時刻が、ですか？」と捜査員が訊き返した。

「ああ。人質になった娘の父親が書くことにしては、とぼけすぎている」

「たぶん秘書が書いているものだと思いますよ。議員ご本人は、キーボードも打てないんじゃないのかな」

長正寺が佐伯のうしろからモニターをのぞきこんでいたが、すっと身体《からだ》を離した。何か新しい指令が入ったのかもしれない。

佐伯は吉屋に訊いた。

「誰が書いたにせよ、時刻に間違いはないか？」

「このアカウントで書き込む資格を持っている誰かが書いたものです。部外者じゃないし、アップ時刻指定の書き込みなら、きりのいい時刻になりますよね。九時二十四分というのは、リアルさを出しているせいでしょうか」

その下のほう、本人による最新の書き込みは昨日のもので、野球の対抗戦に興味があるのだと、楠木は書いていた。というか、書いたことになっていた。

そのつぶやきに対する返信コメント。

「先生、こんどお寿司よろしくお願いします。ラ・ローズって店のワインもおいしいそうですよ」

発信時刻は、きょうの午後六時五分前。事件発生前だ。

どうしてここに、ラ・ローズの名前が出てくる？　人質監禁事件現場の店の名が、この他愛のないつぶやきに、なぜ登場するのだ？　楠木善男はいま東京での生活が中心。地元選挙区に戻るのは週末ぐらいだろう。なのにここで語られているのは、札幌の話題と推測できる。この書き込みをした人間は、その店が楠木の娘が経営していることを知っているのか？　知っていて、とぼけている？　それとも、完全に偶然か？

「これを書いた人間は特定できるのか？」

発信人のユーザー名はこうだ。

「カサキスタンの狐」

アイコンは卵の形をしている。顔写真は貼られていない。

吉屋が言った。

「プロフィールを見れば」

吉屋がその発信人のプロフィール画面を呼び出した。

こう自己紹介がある。

「カサキスタンの物知り狐。善人には幸福を。悪人には災いを」

吉屋が言った。

「何も言っていないのと同じですね。カサキスタンって、国の名前でしたっけ？」

「中央アジアだ」

「この狐、ツイートゼロ。フォローひとり。フォロワーなし」

「何を意味しているんだ？」

「アカウントを取ったばかり。はっきり言えば、このコメントを書くためにだけ、このアカウントを作った。ほかに何もする気はない」

「正体不明でいかがわしいってことか？」

「はい」

「本人特定は簡単か？」

「ツイートのシステムはよくわかりませんが、簡単じゃないでしょう。いまは、ＩＰアドレスを特定できても、本人とは限らないって時代なんですから」

「せめて場所だけでも」

「ネットにつながったPCじゃありません。携帯電話からです」

その言葉がよく理解できないまま、佐伯は言った。

「この画面、そのまま記録しておいてくれ」

「はい」

車両を降りようとすると、長正寺が妙に難しい顔をしている。

どうした？と、佐伯は顔を向けた。

長正寺が、ヘッドセットのオフスイッチを入れてから答えた。

「突入指示だ。午後十一時のニュースの時間帯までに」

「何か事情でも変わったのか？」

「人質が三人解放された。警察庁の態度は厳しい。ならば、早期解決ってことだろう」

「ニュースの時間帯までにというのは？」

「あの逃げたキャリア野郎の全国放送に、うちの偉いさんたちはカチンときたんだ」

佐伯が車両の外に降り立つと、長正寺が逆に訊いた。

「どこに行くんだ？」

「関係者のところに」

「どこだ？」

そのとき吉屋が佐伯を呼んだ。

「新しい書き込みです。カサキスタンの狐から」

佐伯は車両の中に戻って、そのモニターをのぞいた。

楠木善男のツイートに対して、返信ツイートが一本増えている。

「では寿司ネタを積んで、出発してください。新川《しんかわ》の回転寿司弥助《やすけ》を目指して」

発信人のユーザー名は、吉屋の言うとおり、カサキスタンの狐、だった。アイコンは、のっぺらぼうの顔とも見える卵の形のままだ。

佐伯は長正寺に言った。

「車を一台貸してもらう」

「どうした?」と長正寺。

「第二現場がある」

指揮車両を飛び出して、新宮を呼んだ。

「新宮、どこだ?」

坂道の途中に停まった覆面パトカーの横から、新宮が姿を見せた。携帯電話を耳に当てている。

「その車を出せ。楠木の札幌事務所に行く」

なぜ、とは新宮は訊かなかった。かけなおす、と通話相手に言って携帯電話をポケットに収めると、すぐにその車の運転席に乗り込んだ。佐伯も助手席に身体を入れた。助手席のドアが閉じられないうちに、新宮は車を発進させていた。

事務所のドアが開いて、桜井成人が姿を見せた。ハンカチで手を拭《ふ》いている。廊下の奥にある洗面所から戻ってきたのだ。

高野はPCのモニターを示しながら桜井に言った。

「いま、相手から指示が出た」

桜井は高野のデスクに駆け寄ってきた。

モニターには、例の脅迫者が、カサキスタンの狐、の名で新しいつぶやきを書き込んでいる。

「では寿司ネタを積んで、出発してください。新川の回転寿司弥助を目指して」

桜井が首をかしげながら言った。

「弥助って、そこに犯人が待ってるってことでしょうか？」

「知るか」高野は怒鳴るように言った。「脅迫犯が最初からカネの取り引き場所を指定してくるか。おおよその方向を言ってるんだ。でなけりゃ、弥助に新しい指示があるんだ」

この楠木善男札幌事務所の入っているビルは、札幌の中心部、南一条通りと石山通りとの交差点近くにある。新川に行くには、駐車場を出て左折し、北海道大学農学部の農場西側から新川通りに入るのが自然だろう。そのあたりから先は車の通行量こそ多いものの、ひと気は少ないエリアだ。途中で車を停められるのかもしれない。あるいは別の行く先が告げられるのか。しかし目的地の変更とか停まれの指示とか、運転者にはどのように伝えられるのだろう。脅迫者は、事務所の職員の携帯電話番号を知っている？　もしそうだとすると、この脅迫はごく近い範囲にいる誰かによるものと考えられるのだが。

高野は、脅迫者の計画がまったく読めないままに言った。

「先生に、念のために確認だ」

楠木に電話した。答は明快なものだった。

「やれ。支払うんだ」

「かしこまりました」

高野は通話を終えると、桜井に顔を向けた。

「車に積み込もう」

現金を詰めた段ボール箱は合わせて三つ。台車に載せて、事務所の奥、楠木善男の部屋に用意してあった。あとはエレベーターを使って地下駐車場に置いた事務所のワゴン車に積み替えるだけだ。

桜井が、おずおずと訊いた。

「誰が運転するんです？」

高野は桜井をにらみ据えて言った。

「これが誰の役目だと思ってるんだ？」

桜井は、悲しげに顔をしかめてうなずいた。


小島百合はあらためて店の中を見渡した。

さっき百合がふたつ、ささやかな頼みごとをして、きっぱりと瀬戸口に拒絶された。そのあとから、店の中の空気はまた緊張している。瀬戸口が必ずしもものわかりのいい犯罪者でないとわかったせいだ。ひとあたりはよさそうだったし、人質もふたり解放した。ひとり逃げた男が出てもぶち切れることはなかった。でもその後、事態が膠着したと見えてからの彼の印象はちがう。計算高く、神経質で、ときに非情そうだった。あえて彼が言葉にして脅すまでもなく、切れたら怖い、という印象が強まっている。もう彼に媚《こ》びることさえ、安全という気がしなくなっているのだ。

いまはもう水島彩さえ、カウンターの端で、スツールに力なく腰掛けている。両手を膝《ひざ》のあいだに入れて、うつむいていた。浅海奈津子は、客たちに背を向ける格好で、カウンターに両肘《りょうひじ》をついていた。

中島は落ち着きがない。いましがたトイレに行ったばかりだが、まだ残尿感でもあるかのように、スツールから立ったりまた腰掛けたりを繰り返している。不安か焦慮と見えるものが、表情に浮かんできていた。

瀬戸口は相変わらず、浅海のスマートフォンをにらんだままだ。ときおり、画面を動かしてはいるが、とくに動画を観たり、動画サイトを探したりしているわけではないようだった。メールを待っているか、何かのサイトを観ているのだと思える。

中島が瀬戸口に近づいた。

「ねえ、瀬戸口さん」

みなが中島を注視した。

瀬戸口が、え、とスマートフォンのディスプレイから顔を上げた。

中島は、少し遠慮がちに言った。

「全然聞いてもらえる雰囲気ないですね。こんなにも協力をもらっているのに」

瀬戸口が、子供をあやすような調子で言った。

「わかってます。まだ始まったばかりです。落ち着きましょう」

「どのくらい?」

「十一時になれば、どのテレビ局もニュースの時間です。そのとき放送されれば、中島さんの言い分はもっともだって、誰もが思うようになりますから」

「そうですかあ」

「中島さんは、ずいぶん待ったんです。あと一、二時間待てるでしょう」

「いや、ぼくも、限界という気がしてるんですよ」

「十一時のニュースで、まわりの空気が全然変わりますから。マスコミをここに呼んでやって、中島さんの言い分を日本中に放送するんでもいいじゃないですか」

「それができたらいいですけど」

「落ち着きましょう」と瀬戸口は強い調子で言った。これで話は終わったとでも言っているように。

中島は、どうも得心がゆかぬという表情のまま、自分のスツールにもどっていった。

百合は時計を見た。さっき自分が瀬戸口に提案してから、まだ五分しかたっていなかった。

長正寺は、ヘッドセットをつけ直してから、隊内無線に切り換えて言った。

「よし、そろそろけりをつけるぞ。あらためて、配置の確認だ。ひとりひとり返事をしてくれ」

視線の隅で、吉屋が防弾ベストのマジックテープをつけ直したのがわかった。彼も、突入前にはこの指揮車両を離れる。ここに残るのは、自分と交渉担当の田村だけなのだ。

佐伯と新宮の乗る覆面パトカーは、そのビルの地下駐車場に入った。その時刻、オフィスビルの地下駐車場はかなり空《す》いており、二十台ばかりの車しか見当たらなかった。新宮がエレベーターに近い位置に車を停めた。

楠木善男の札幌事務所はここの三階にあるはずである。石山通り側からよく見えるように、窓ガラスに大きく楠木善男の名が貼ってあった。ファッション関連やIT産業などでは、このように事務所のビルの内側から企業名をアピールすることなどどやらないだろう。いかがわしい消費者金融やバッタ屋などに多い広告手法だ。国会議員の事務所も、そちらに分類されてしかるべき業種ということなのだろう。

エレベーターホールの前に、守衛室があった。佐伯は警察手帳を開いてみせて、その前を通過した。

エレベーターを待っているときだ。新宮の携帯電話が震えた。新宮はすぐに耳に当てた。

通話を終えると、新宮が佐伯に言った。

「枝光さんからです。楠木善男札幌事務所の若いの、函館出身で、函館星見《ほしみ》学園高校を出て、函館商科大学卒業です。公設秘書の高野の後輩にあたります。最初に就職したのは、商明ローン。東京城北営業所勤務」

悪どい取り立てで有名だった中小企業向けの金融会社だ。とうに破綻《はたん》してなくなっているはずである。

佐伯は訊いた。

「瀬戸口との接点は？」

「やつは函館北高出身で、詐欺罪で捕まったときは、商明ローン社員でした。同じ東京城北営業所です。時期が二年重なっています」

「その若いの、なんという名前だって？」

「サクライセイト」と新宮が答えたところで、エレベーターのドアが開いた。

三階で下り、目の前の表示に従って廊下を左手に折れた。突き当たりが、楠木善男事務所だった。スチールのドアに、楠木善男の大きな顔写真入りポスターが貼ってある。

佐伯はドアをノックしたが、返事がなかった。ノブを回すと、ドアは施錠されていなかった。手前に開いて中に入った。

デスクが三脚ずつ、壁を向いている部屋だ。中央が通路だ。チラシやらポスターやら、印刷物がデスクの上にも、床にも積み上げられていて雑然としている。奥に、管理職のものらしきデスクがあって、その向こう側にスーツ姿の男がいた。今朝も見た男だ。高野淳平だった。携帯電話を耳に当てている。

「まさか」と言っているのが聞こえた。佐伯たちにようやく気づいたか、視線をこちらに向けてくる。「そこで？　そいつらなのか？」

尋常ならざる顔だ。目が大きくみひらかれている。何か重大事件の報せでも受けたかのようだ。

佐伯はドアの内側に立って、高野が電話を終えるのを待った。新宮は一歩後ろだ。

「いまどこだ？」と高野はまた佐伯たちに背を向けた。佐伯が今朝会ったばかりの道警の捜査員だとはまだ気がついていないようだ。

「ちょっと待て。いったん切る」

高野は回転椅子を回して、またこちらに身体を向けた。

「ご用件は？」

佐伯は高野のデスクに歩きながら言った。

「大通警察署の佐伯です。今朝もお目にかかりました」

「刑事さん？」やっと気づいたようだ。「何か？」

「今朝の自動車盗難の件ですが」

「あれはうちの被害じゃないぞ」

「お宅の玄関前に、これみよがしにスコップが置かれていた。あいさつ状みたいに」

「だとして、何です？」

「その後、何か気になることはないかと思いまして」

「気になることって？」

「脅迫とか、金品の強請《ゆすり》とか、そういうことはないかと」

高野の顔がはっきりわかるほどに青くなった。

「何も」

「何をゆすられました？」

「何を、何もだ」

「札幌で人質監禁事件が発生しているんですが、ご存知ですか？」

「いや」と言ってから、高野は言い直した。「ニュースで見た」

「座ってもいいですか？」

「長くなるのか？」

「高野さん次第ですが」

佐伯は手近の事務椅子を引いて腰を下ろした。新宮も、高野のデスクの右手にある椅子に腰掛けた。

佐伯は言った。

「現場は、楠木先生の娘さんが経営されているバーです。娘さんも人質として監禁されていることは、もうご存知ですよね。先生とは何か連絡は？」

「何もしていない。その事件は、先生とは関係ない」

「娘さんが人質になっているのに」

「いや、心配はしている。先生もだ」

「うちの刑事部長に、先生から直接電話があったそうです。人命最優先でやれと。ご存知ない？」

「いや、だから先生は人質たちのことを心配して、電話したんだと思うが」

「いま、先生は関係ないとおっしゃいましたよ」

「無関係は無関係だ」

「自分の子供が関わっていることなのに」

「いや、警察にまかせておけばいいことだから」

このうろたえぶりは、ふつうではない。佐伯はもう、この事務所で何か犯罪が起こったことを確信していた。

「何をゆすられました？　どうなりました？」

「何もだ」

「確認しますが、何もないのですね？」

「ない。くどいぞ。何があったと言うんだ。何をわけのわからないことを言ってる？　刑事部長はこのことを知っているのか？」

「そんなに怒鳴らなくても。わたしは今朝の事件の捜査の続きできているんです」

「うちの被害じゃない」

「お隣りさんの車でした。窃盗犯に心あたりはありませんか？」

「どうして心あたりがあると考えるんだ」

「朝も、ずいぶん動揺されていましたから」

「物騒だなと思っただけだ。何も知らない。心あたりもない。帰ってくれ」

「ゆすられているなら、わたしたちに話してください。人質監禁事件が起こっているんです。もう素人が解決できることじゃありません」

「その事件も、うちには無関係だ」

そのとき、廊下で靴音がした。駆けてくる。

その次の瞬間に、事務所のドアが開いた音。佐伯は振り返ったが、デスクの上に置かれた印刷物やら箱やらのために、誰が入ってきたのかはわからなかった。相手も、佐伯たちの姿は目に入らなかったろう。

駆け込んできた男が、狼狽《ろうばい》した声で言った。

「車ごと取られました。そこで、出てすぐに犯人たちに」

高野が、デスクの反対側で腰を浮かした。

「いい。言うな」

男は事務所の中の通路を駆け込んできて、佐伯たちに気づき、足を止めた。四十歳前後の、高野同様に黒っぽいスーツを着た男だ。髪が乱れている。やや吊り上がった小さな目で、口も鼻もこぶりだ。左のこめかみに痣《あざ》のようなものができており、左唇が切れて少し出血していた。

新宮がすっと立ち上がって男の後ろの通路を塞いだ。

佐伯も立ち上がって言った。

「車ごと取られた？　強盗ですね？　詳しく話してください」

高野が悲鳴のような声を上げた。

「ちがう！　そうじゃない。桜井、余計なことを言うな！」

この若いほうの男が例の桜井だとわかった。

佐伯は警察手帳を桜井に示して言った。

「強盗なんですね？　何を、どこで奪われました？」

桜井は、まばたきして佐伯と高野を交互に見つめている。ここになぜ刑事がいるのか、理由に思い当たらないようだ。顔は高野同様に青くなっている。

「どうしました？」と佐伯は桜井に言った。「緊急手配すれば、犯人はすぐに捕まる。奪われたものも、取り返せるかもしれない。さ、教えてください」

「言うな！」とまた高野。

佐伯は振り返って高野に言った。

「事情はあなたのほうがご存知なんですか。何を奪われたんです？」

「何も」と高野。「知らん」

「そうは聞こえませんよ」

佐伯はもう一度桜井に向き直った。

「怪我をされていますね」

桜井が、左手で唇を押さえた。彼の右手には、携帯電話。白いスマートフォンだ。

「新宮」と佐伯は、桜井のうしろに立つ新宮に言った。「一一九番を。救急車が必要だ」

「はい」と新宮が答えた。

「大丈夫ですよ」と桜井があわてて言う。「救急車なんていらない念のためです。診てもらったほうがいい」佐伯はもう一度桜井に訊いた。「どこで、何を、誰に奪われたんです？　緊急手配しますから」

桜井が、顔をこわばらせたまま、ちらりと高野を見てから言った。

「中通りを出たところで、事務所の車を。二人組の男たちに、奪われた」

「積み荷は？」

「積み荷？　いや、何も」

「車ごと取られたと言っていましたよ。車と何を奪われたんです？」

「いや。チラシとか、街頭宣伝用のもの一式」

その程度のもののはずはない、とは思った。しかし佐伯はそこには固執せずに訊いた。

「ここの中通り？」

「ええ。西十二丁目側」

「車種とナンバーを」

ミニバンというのか、ファミリー向けのワゴン車だという。ひとや荷物を運ぶだけではなく、ときには選挙運動用にも使われる車なのだろう。色は白。

「時刻は？」と、佐伯は時計を見ながら訊いた。

桜井が答えた。

「いまです。三分前かな」

高野が言った。

「もう五分以上はたっていないか？」

車が強奪されたこと自体は認める気になったのだろう。しかし顔は相変わらず不安げだ。

「どっちです？」と佐伯は、双方の顔を見やりながら訊いた。

桜井が言い直した。

「五分前ですかね」

「そこから、いまここに電話して、駆け込んできたんですね？」

「ええ」

新宮がまた携帯電話を耳に当て、官姓名を名乗って言った。

「緊急手配を。中央区南一条西十二丁目中通りで強盗です。犯人は二人組。奪われたのは、白いワゴン車で……」

新宮が車の情報を伝え終わったところで、佐伯は桜井に訊いた。

「その携帯電話、血がついていますね」

桜井はスマートフォンを持つ右手を少し持ち上げた。白い縁に少し血痕《けっこん》。

「ぼくのでしょう。唇切ったから」

「犯人とは揉《も》み合った？」

「ええ。いきなり運転席のドアを開けて、ひきずり出されて」

「そのとき、犯人の血がついたのかもしれません。ちょっとお借りします」

「あ」桜井は激しく狼狽した。「いや、違います。ポケットに入れていたし」

「犯人のものかどうか、すぐに判別はつきます」佐伯は新宮に指示した。「ビニール袋を。携帯電話をお借りしろ」

桜井が、困りきった様子で言った。

「携帯電話を渡す必要はないと思います」

「任意で犯人逮捕にご協力いただこうとしているだけですが」

「任意なんですか？」

「携帯電話をどうするかは、ご自由です」

「では、このまま使わせてください」桜井はドアのほうに振り返った。「ちょっとトイレへ」

新宮が立ち塞がった。

佐伯は言った。

「強盗被害を通報してしまいました。もし強盗の件が狂言だとわかった場合、まず軽犯罪法違反になります。わたしたちも数分前に中通り側からこのビルの駐車場に入ったのですが、何も不審なことなど目撃していない。強盗があったのは事実ですか？」

「疑うんですか？」

「詳しく話してください。そして、強盗がほんとうにいたことを証明するかもしれないその携帯電話を、鑑識に回させてください」

桜井は、高野のほうに顔を向けて言った。

「少し落ち着かせてくださいよ。強盗に遭って、殴られて、頭が真っ白なんです」

新宮が、そばにあった椅子を桜井のうしろに滑らせた。桜井がのっそりとその椅子に腰を下ろした。

正面のデスクでは、高野が両手で頭を抱えた。


瀬戸口の焦りようは、もう完全に平静を失っていると言えるレベルのものになっていた。カウンターを指で叩いたり、立ち上がって溜《た》め息をついたり、小さく、糞《くそ》っとか、畜生とかの言葉を吐いている。さっきは立ち上がるときに、床の上に重そうなショルダーバッグを落としていた。ガシャリと、金属同士がぶつかって立てる音がした。

スマートフォンで見るそのサイトなり、SNSサービスなりに、あるはずの連絡が、あるいはメッセージが入ってこないのだろう。

瀬百合は腕時計を見た。来見田秀也と竹中光男が外へ出てからもう一時間以上たった。瀬戸口の計算では、もうほんとうの強請の対象からなんらかの回答なりリアクションなりがあっておかしくはないのだ。いや、それはすでにあったのかもしれない。いっとき、彼は余裕を持っていた。警察との交渉を突っぱねるだけ強気だった。それはたぶん、脅迫を受け入れるという返事があったせいだ。次にあるはずのことは、瀬戸口たちが求めたものの受け渡しだ。それはカネだろうか。あるいは何か、政治的に重要な意味を持つ書類とか契約書のたぐいなのかもしれない。短時間で大金が用意されるはずはないとも思うが、国会議員の金庫にはいつでも自由になる現金が用意されているのかもしれない。

要求したものがカネだとして、その受け渡しが確実に行われたという連絡はあるはずだ。その連絡がきたところで、こちらラ・ローズを舞台にした監禁事件のほうも、幕となる。瀬戸口たちは人質を解放し、警察に投降する。事件を起こした理由については、マスコミが今夜から明日朝にかけてのニュースやワイドショーでたっぷり取り上げてくれる。中島への同情が沸き起こって、瀬戸口を含めた監禁実行犯たちに、軽い刑で十分ではないかという世論が出来上がる。そもそもの原因が元富山県警の大失態となれば、札幌地検はふたりを起訴猶予とするかもしれない。もし起訴したとしても、地裁では執行猶予判決が出るか。となれば、大金を手にした瀬戸口たちは、数カ月後にはそのカネを使って豪遊ができることになる。

その場合、中島は完全に瀬戸口たちに利用されたのだと言えるわけだ。主犯と見えて、じっさいは狡猾《こうかつ》な犯罪者グループに使われただけ。それでも、自分の悲劇と主張を世間に知らしめることができるのだから、中島は悔やむことはないだろう。後に真相を知れば、半端ではない衝撃を受けるだろうが。

瀬戸口が、手にしていたスマートフォンをカウンターの上に置いた。叩きつけるというほどの意味はなかったろうが、店の中の者がびくりとするには十分な音だった。

浅海が瀬戸口に言った。

「お酒でも作りましょうか。カクテルなんかいかがです？」

「酒？」と、瀬戸口が皮肉っぽく言った。「睡眠薬でも入れるつもりか？」

「まさか。少し落ち着くかと。カクテルがお嫌いなら、ビールはいかがです？　小瓶をそのまま持ってきますが」

「小便が近くなる。おれの目の前で、スコッチの水割りを二杯作れ。お前が一杯を飲むんだ」

浅海は水島を振り返って言った。

「バランタインの十七年と、ミネラル・ウォーターを。氷とマドラーも。グラスはふたつ」

「はい」と、水島は厨房《ちゅうぼう》に入っていった。

瀬戸口が、浅海にからむように訊いた。

「おれが落ち着いていない？」

「いえ、そういう意味で言ったんじゃないですけど」

「落ち着いていないとしたら、あんたの親父のせいだよ。狸野郎《たぬきやろう》」

「父のせい？　どうしてです？」

「電話して訊いてみろよ」

瀬戸口がカウンターの上にスマートフォンを滑らせた。

「なんて訊くんです？」と浅海。

「どうなったのかと、瀬戸口が気にしてるって」

「山科本部長の謝罪の件ですか？」

「そうだ。口をきいてくれたんだろう？　どうなったか、訊いてくれ。いいか、どうなったか、って訊けばいいんだ。余計なことは加えないで」

「どうなったか、ってだけですね」

浅海は怪訝《けげん》そうな顔をしながらも自分のスマートフォンを取り上げた。

「お父さん、わたし。ええ、大丈夫です。いま、ここにいる瀬戸口さんってひとが、お父さんにひとことだけ訊いてほしいって。どうなったかって。ええ、それが質問」

「え？　寿司は食べさせた？　食べたはずだって、どういう意味？」

「ええ。わかった。そう伝える。わかった」

通話を切ると、浅海はスマートフォンをカウンターの上に置いて言った。

「すごく取り込んでるんですって。寿司は食べさせた、食べたはずだって言えって言うんだけど」

瀬戸口はそれを聞いても、不審そうな表情のままだ。

「寿司は食べさせた。食べたはずだって、そう言ったのか？」

「どういう意味なんです？」

瀬戸口はそれには答えず、また浅海のスマートフォンを手に取った。ウェブページを開いたようだが、表情は変わらない。何かの疑念と必死に戦っているようにも見える。

「嘘《うそ》だ」と瀬戸口が小さく言った。「騙《だま》してるのか」

水島彩がトレイの上にボトルやらグラスやらを載せて運んできた。浅海はカウンターの内側に入り、手際よくふたつの水割りを作った。ふたつを並べて瀬戸口の目の前に出すと、瀬戸口はひとつのグラスを持ち上げ、唇をつけた。最初だけ慎重そうに口に入れたが、ふた口目はビールでも飲むような勢いだった。

百合は思った。彼は、素面《しらふ》ではできそうもないことをやる、と決めたのかもしれない。

瀬戸口がスマートフォンを気にしながら水割りの二杯目を飲み出したときだ。

「瀬戸口さん」と呼びかけながら、中島がスツールを下りた。「決めました。もうやめましょう。ぼくのお願いは十分世間に伝わったと思う。明日の朝まで、みなさんと一緒にここで過ごすのって、ぼくにもみなさんにもたいへんなことです。もうやめて、外に出ましょう」

瀬戸口もスツールから下りた。

「何言ってるんですか。まだ始まったばかりですよ。あと少しの時間でいいんです。待ってくださいよ」

「いや、やめましょう」中島はきっぱりと首を振ってから、人質たちに顔を向けた。「みなさん、ありがとうございました。いろいろ不自由なことまでさせてしまいました。もうけっこうです。出てかまいません」

言いながら、通路をエントランスへと歩きだした。

「ぼくが、最初に出ますから」

瀬戸口が立ちはだかった。中島はその脇を、肩を斜めにしてすり抜けようとした。瀬戸口が中島の両肩を押さえた。意外なことに、中島が瀬戸口の両手を振りほどこうとした。

「駄目だってば！」と、瀬戸口が中島を突き飛ばした。

中島は通路に転がった。ごつりと何か鈍い音。人質たちが悲鳴を上げた。牧子と竹中久美子は立ち上がって、身をすくめた。

中島が、カウンターに手をつきながら立ち上がった。

「ひどいな、瀬戸口さん」

百合は、もう瀬戸口に見られることも気にせず、スマートフォンを取り出し、ロックを解除して通話にした。さっきも通話した相手。

「来て！　いま！」

瀬戸口が、大きく目をみひらいて百合を見つめてきた。

長正寺が、指示を出した。

「厨房側、突っ込め。音を立てろ」

ひと呼吸置いてから。

「津久井たち、突入！」


瀬戸口が、一歩百合に近づいて言った。

「誰なんだ？　警官か？」

そのとき、厨房の奥で、大きな物音がした。鍋のたぐいが床に落ちたような音。そして靴音。厨房の入り口近くにいた水島彩が、短く悲鳴を上げてピアノの下に飛び込み、頭を下げた。

百合は叫んだ。

「みんな、伏せて！」

牧子と竹中久美子が、椅子に腰を落として両手を頭に乗せ、屈《かが》み込んだ。

瀬戸口がショルダーバッグの中から何かとりだした。銀色の、三十センチほどの長さの棒と見えた。レンチだ。瀬戸口が、レンチを振りかざして百合に迫ってきた。

厨房の入り口にふたりの男が姿を現した。拳銃を構えている。ひとりが叫んだ。

「瀬戸口、動くな！」

瀬戸口がレンチを振った。百合はのけぞってかわした。すぐに腰が椅子にぶつかった。身体がよろめいて、崩れかけた。

瀬戸口はもう一度レンチを持ち上げた。思い切って、やつの胸元に飛び込むか。左手でレンチをかわすか。足が不安定だ。一瞬ためらいがあった。

そのとき、エントランス側からふたつの影が飛び込んできた。

ひとりが大声で言った。

「撃つぞ！」

知った声だ。津久井卓巡査部長の声。瀬戸口がわずかにひるみ、身体をひねった。そこに津久井が飛び掛かった。瀬戸口ははね飛ばされるように床に倒れ込んだ。津久井は瀬戸口の身体におおいかぶさった。レンチが光った。津久井はこれを叩き落とし、瀬戸口の首に手刀を入れた。瀬戸口はうめいて、身を縮めた。

もうひとりの男が津久井に加勢した。瀬戸口の右手を取ると、ぐいと瀬戸口の身体をひねった。瀬戸口はギャッという悲鳴を上げてうつぶせになった。津久井がすかさずその右手に手錠をかけた。

加勢した男が、言った。

「確保。瀬戸口を確保」

ほとんど同時に、百合の左手で声がした。

「中島、確保」

厨房側から入ってきた男たちが、中島の身体をはがい締めにしていた。ひとりがちょうど手錠をかけたところだ。

「乱暴にしないで!」と、百合はそのふたりの機動捜査隊員たちに叫んだ。「主犯はこっち。そのひとじゃない!」

中島を立たせようとしているふたりの隊員たちが、え、という顔を百合に向けてきた。

また玄関と厨房の奥で音がした。靴音。ひとの声。もう遠慮も何もない。新手の隊員たちだった。左右からさらにふたりずつ店の中に飛び込んできた。

津久井が通路に立ち上がって、隊内無線のマイクに向かって言った。

「犯人ふたり、確保しました。いまのところ、負傷者ありません。人質も」

津久井が百合を見つめてくる。あんたは、と案じている顔だった。百合はうなずいた。

わたしも、ほかの人質たちも。

「無事です」と津久井が続けた。


小島百合は、ブリッジを渡って駐車場に向かった。いま駐車場には、何台もの捜査車両や覆面パトカーがつぎつぎと入ってくるところだった。いくつものヘッドライトの明かりが、激しく左右に振れている。

前方から駆けてくる者があった。村瀬香里だ。

「お姉さん！」と、香里が両手を広げて、百合を抱いてきた。百合もハグで返した。

「無事なんですね」と、香里が身体を離して言った。「よかった。すごく心配していたんです」

制服の警察官たちが、七、八人、百合たちの脇を抜けてブリッジに向かっていった。救急車の音が、坂道の下のほうから聞こえてくる。

百合はあたりを見渡しながら訊いた。

「佐伯さんは、どこだろう？」

香里が答えた。

「新宮さんと一緒に、第二現場へ行きました。どこか知らないけど」

「あ、行ってくれたのね」

「さっき警察無線で、楠木善男事務所がどうとか言っているのが聞こえました」

「やっぱりそこか」

正面から、背の高い、肩幅のある男が近づいてくる。ダークスーツ姿で、頭はひと昔前のスポーツ選手のような短髪。機動捜査隊の長正寺だとわかった。乏しい光の中でも、彼が白い歯を見せたのがわかった。

「助かった」と長正寺が近寄りながら言った。「いつか礼をさせてくれ」

「佐伯さんの事件のほうはどうなりました？」

長正寺は立ち止まった。

「楠木善男事務所で、若手の秘書を逮捕した。瀬戸口と組んでいたのが、こいつらしい。楠木の実の娘を人質に取って、楠木をゆすったんだ」

「主犯は、外にいたんですか？」

「どういう意味だ？」

「中島喜美夫さんじゃなく、瀬戸口が主犯だと思ったから」

「まだ全容はわかっていない。だけど、中島が利用されたのは確実だな」

長正寺は、百合に小さく手を振ると、ブリッジを渡って店に向かっていった。

長正寺と入れ違いに、ふたりの機動捜査隊員にはさまれる格好で、中島喜美夫が店を出てきた。

百合は中島が自分の前まで来るのを待った。

彼はいま、店の中にいたときよりもずっと小さく、細く、頼りなげに見えた。自分がどんな状況にあるのか、よく理解できていないという表情だ。

両手がうしろに回っている。手錠をかけられているのだ。

百合の目の前までくると、中島は足を止めて百合をまっすぐ見つめてきた。隊員たちも、立ち止まった。

中島が、震えるような声で言った。

「怖かったですか。だとしたら、すいません。ご迷惑をおかけしました」

百合は、思わず微笑して言った。

「いいえ。怖くはなかった。中島さんの言い分も、とてもよくわかった」

「ほんとに、すいませんでした」

隊員たちが、中島の背を小突いたようだ。中島はこくりと百合に頭を下げると、隊員たちに背中を押されるようにして、駐車場の出口へと歩いていった。

佐伯が狸小路《たぬきこうじ》八丁目のそのビルの前に着いたとき、店の看板にはまだ明かりが入っていた。

たぶんまだやっているだろうとは予想していた。ニュースでは何度も、きょうの事件のことが流れていたし、元道警職員だったマスターなら、知人のひとりふたりがこの捕り物に関わったことを察していたろう。となると、妙な方向に上がったテンションや、ささくれだった気分を鎮めるために、深夜、関係者が酒を飲みにくるだろうとも予測がついたろうから。

じっさいこうして、佐伯は若い新宮と連れ立って、大通署から十分ほどの距離を歩いてきたのだった。もうこんな時刻だから、今夜の取り調べはごく簡単に終えた。本格的な取り調べは明日の朝からだ。佐伯は市内西区琴似にある留置場まで桜井成人を送った。機動捜査隊も、中島喜美夫と瀬戸口裕二を、それぞれ別の警察署の留置場に送っているはずである。

そのバーの重い木のドアを開けると、聞こえてきたのは、バリトン・サックスの音色だった。早い営業時間帯ではマスターはかけようとしないが、深夜を過ぎて、いるのは馴染《なじ》み客ばかりとなったときにたまにかけてくれるLPレコード。サックス・プレーヤーのピアノで始まるアルバムだ。ということは、いま店に来ているのは。

照明を落とした、全体に焦げ茶色の印象の店の中に入ると、やはりカウンターに津久井がいた。その左隣りには、小島百合だ。ふたりとも、内ドアを開けた佐伯のほうに目を向けてきた。期待どおり、という顔だった。

初老のマスター、安田《やすだ》が、カウンターの中から小さく会釈してきた。

佐伯は、カウンターに歩きながら百合たちに訊いた。

「なんでお前たちがふたりなんだ？」

百合が少し得意そうに微笑して言った。

「きょうぎりぎりのところで助けてもらったの。知らない？」

「津久井が突っ込んだのは知ってる」

津久井が言った。

「いま来たばかりなんです。小島さんがひとり先に来ていて」

「くっつき過ぎていないか」佐伯は新宮に言った。「お前、津久井と小島のあいだに入れ」

百合が新宮に言った。

「こんどは、こっちの仲も邪魔してくるわけ？」

新宮が困った顔で言った。

「だって、佐伯さんにそう指示されたら」

佐伯はスツールに腰を下ろして百合に言った。

「どういう仲なんだ?」

「見ればわかるでしょ」

津久井が席をひとつずらし、新宮をあいだに入れてから言った。

「釣り合ってない」

「ほんとうの主犯を、逮捕したそうですね」

「ほかにいるのかもしれない」

百合が佐伯に目を向けて訊いた。

「まだよくわからない。どういうことだったの?」

佐伯は、バーボンをオン・ザ・ロックスで注文してから、ゆっくりと解説した。自分自身で、きょうの一件を整理してみるという気持ちもあった。

「計画を立てたのは、楠木善男札幌事務所の若手の秘書だった。桜井って男だ。瀬戸口裕二とは、いかがわしい金融会社で同僚同士。たまたまあの事務所に勤めたら、被害届けの出しようのないカネがあった。それで、ゆすって奪うことを思いついた」

「どういう種類のお金なんだろう?」

「想像だけど、外国政府がらみ。楠木はカサキスタンへのODAをまとめた。日本カサキスタン友好協会の会長でもある」

「もとソ連の、独裁国だっけ?」

「たしか、紙幣に現大統領の肖像を印刷している国だ」

「その大統領から、キックバックがあったということ？」

「楠木の集金手段だ。だけど、政治資金が外国政府から出たとなれば、破壊力はただの収賄なんかの比じゃない」

「盗むって方法もあったでしょうに」

「誰の犯行か、ばれる。だから最初は正面からゆすったのだけど、楠木は応じなかった。それで作戦変更となった。うまいことに、楠木の人脈は豊かだった。札幌には楠木善男の実の娘がいて、ワイン・バーをやっている。その店の常連客が、音楽学校同期の来見田牧子。来見田牧子の父親は、警察庁のキャリアで元富山県警本部長だった。桜井は、瀬戸口の刑務所仲間に中島喜美夫という男がいたと聞いたことを思い出した」

百合が合点したように言った。

「それで、来見田牧子のミニ・コンサートに合わせて、人質監禁事件を思いついたのね」

「この場合、人質を取って脅すという手は効果的だ。もちろん桜井も瀬戸口も、人質監禁事件なら犯人逮捕は確実と承知していた。だから逮捕されても実刑が最低限ですむような計画を練って、楠木を脅したんだ。主犯は中島と見せかけてだ。楠木は、事件が自分を狙《ねら》ったものであるとすぐわかったろう。だけど、警察にはそれを伝えられない。ネットでメッセージをやりとりして、カネを渡した」

「渡してしまったの？」と百合。

「桜井がカネを車で運ぶことになっていた。その車が、駐車場を出たところで強奪されたことにして、事務所にまで駆け戻ると、おれたちがいたんだ。説明はしどろもどろになった」

「ちょっと待って。その車はどうなったの？　近所に停《と》めっぱなし？」

「事情を知らない男を雇っていた。この車を、丘珠《おかだま》の貸しガレージまで運んでくれと」

「瀬戸口は、店の中でしきりに何かの連絡を待っている様子だった。それが来ないので焦っていたけど」

「桜井は、その雇った運転手が車をガレージに入れたと電話してきたときに、カネをたしかに受け取ったとメッセージを打つことにしていた。だけどその前に、おれたちと遭遇だ。携帯電話も使えなくなった」

「中島さんは、そのときにはもうこんな監禁事件をやめようという気になっていた。わたしたちを解放しようとした」

佐伯のジャケットの内ポケットで、携帯電話が震えた。出してみると、長正寺からだった。

また何か事件でなければよいが。そう心配しつつ、佐伯はスツールを下りた。エントランスの内側、風除室で話すべきだ。

風除室に出ると、佐伯は通話ボタンをオンにした。

「はい？」

「長正寺だ。いまどこだ？」

「ブラックバード」

「やっぱりな。きょうの礼を言いたかったんだ。拍手も」

「べつにいいです。あの場にいたから、できたことですから」

「そこに、小島百合はいるのか？」

「いますよ」いちばんの関心はそこか。佐伯は苦笑して言った。「津久井もいます。新宮っていう若いのも」

「小島にもきちんと礼をしたいんだ」

「電話、代わりますか？」

「いい。じつは、気分がまだ高ぶってる。鎮めたい。おれも行っていいか」

佐伯は少し考えてから答えた。

「かまいません」

「ごちそうさせてくれ」

「いりませんよ」

通話を切って席に戻ると、百合たちが、何が、という顔を向けてきた。彼らもまた、緊急の呼び出しではないかと気にしている。

「長正寺が来る」と佐伯は答えた。

仲間たちの顔に浮かんだものは、安堵《あんど》だった。津久井と百合は、歓迎だ、と言ったようにも感じられた。いつのまにかやつはおれたちのあいだで、一緒に酒が飲める幹部、という立場を確保しやがった。

ちょうどLPが終わったところだった。

安田が佐伯に訊いた。

「リクエストあります?」

佐伯は、壁に立てかけられたジャケットを見てから言った。

「いや、もう一度かけてくれませんか」

長正寺の音楽の趣味は知らないが、高ぶった気分を鎮めたいというなら、このレコードは悪くないだろう。バリトン・サックスの音色が、やつの酒の飲み姿には似合っている。

安田がレコード・プレーヤーの上蓋《うわぶた》を上げ、針を慎重にレコード盤の上に置いた。

解説

吉野仁

「警察官を主人公にすると、いま日本で起きている様々な同時代的な問題が扱える」。

警察小説を書く理由として、あるインタビューで佐々木譲が語っていた言葉だ。さらに、「組織と個人の対立をめぐるドラマを作りやすいということが言えますね。警察は規律が強く求められる組織です。自分らしく生きようとすると、ときに他の組織の人間とは比べものにならないほど軋轢が生じる。その劇的な対立が物語を作ります」と述べていた。なるほど、単に事件の謎《なぞ》、犯罪の特異性や犯罪者への興味、もしくは捜査をめぐるストーリーの面白さだけではなく、そこに現実の問題を如実に盛り込んでおり、しかも緊迫したドラマが展開されることで、身に迫る物語となっているのだ。ゆえに、いま日本で多くの警察小説が人気となっているのだろう。

本作は、この分野の書き手として、文句なしにトップランナーのひとりである作家、佐々木譲による〈北海道警察シリーズ〉第六作『人質』の文庫化である（単行本は、二〇一二年十二月十八日の発行）。

これまでのシリーズ五作、『笑う警官』（単行本タイトル『うたう警官』）から、『警察庁から来た男』、『警官の紋章』、『巡査の休日』、『密売人』まで順番に読んできた読者ならば、詳しく説明する必要はないだろうが、ここでざっと振り返っておきたい。

まず第一作『笑う警官』は、上層部を含む組織ぐるみで行われた不正行為とその隠蔽《いんぺい》工作に対し、敢然と立ち向かう警察官たちの物語だった。

札幌市内の集合住宅で女性の変死体が発見された。殺されたのは道警本部の女性警官。さっそく彼女の交際相手だった津久井卓巡査部長が容疑者となり、射殺命令までくだされた。だが、津久井をよく知る大通署の佐伯宏一警部補は大いなる不審を抱いた。津久井は、拳銃《けんじゆう》や覚醒剤《かくせいざい》を取引して逮捕された郡司警部の部下だった。その郡司事件に関して議会で証言をする予定になっていたのだ。自分たちの悪行が暴かれるのをおそれた上層部が津久井に罪を着せて葬り去ろうとしているのではないか。そう考えた佐伯は、警察内で隠密《おんみつ》裏に捜査を進めていく。

この『笑う警官』は、そもそも作者が実際の事件に着想を得た作品である。それは、二〇〇二年に起きた「稲葉事件」とそれに続く「北海道警裏金事件」だ。

「稲葉事件」は、北海道警察の警部が拳銃摘発のノルマを達成するために、覚醒剤の密売にまで手を染めた事件。しかも公判で、道警による「やらせ捜査」や「銃刀法違反偽証」などの不祥事が明るみに出たばかりか、稲葉警部の逮捕後、元上司や捜査協力者が自殺した。さらにこの事件をきっかけとして、二〇〇三年に北海道警裏金事件が発覚したのだ。

もちろん、現実の事件をそのままなぞっているのではなく、作者はそこに個性的な登場人物と斬新なサスペンスを導入している。この小説は、二〇〇九年に映画化された。

　また、この『笑う警官』は、スウェーデンのマイ・シューヴァル&ペール・ヴァールーによる警察小説〈マルティン・ベック〉シリーズへのオマージュとして書かれたいきさつがあるという。そもそも『笑う警官』は〈マルティン・ベック〉シリーズの四作目のタイトルを借用したものだ。

　つづく第二作『警察庁から来た男』は、『笑う警官』から約一年後、北海道警察本部に警察庁からキャリアの藤川警視正がやってきて特別監察が入る、というストーリー。一方、佐伯刑事は、ホテルの部屋荒らしと風俗営業店での会社員転落死事故を調査する。

　第三作『警官の紋章』は、さらに一年が過ぎたころ、ある巡査が勤務先から失踪《しっそう》した事件から始まる。その巡査は、「郡司事件」で自殺した父親の無念を晴らそうとしていた。この『笑う警官』、『警察庁から来た男』、『警官の紋章』は、三部作となっている。稲葉事件と裏金事件をもとに構想され、警察組織対警察官個人の対立構造を前面に押し出して書かれたものなのだ。当初はこれで完結だったようだが、さらに全十巻を予定する大河シリーズへと発展していった。

　四作目以降からは警察小説の定番といえる素材を取り上げている。すなわち『巡査の休日』ではストーカー犯罪、『密売人』は幼児誘拐騒動だ。しかしながら、単にそうした犯罪を中心に描くだけではなく、同時多発的に事件が起こる捜査状況とともに、「よさこいソーラン祭り」が舞台となっていたり、警察のエス（捜査協力者）が狙われたりと、つねに重層的なプロットが重なっている。

それとともに注目すべきは、佐伯、津久井、小島、新宮といったシリーズの登場人物たちそれぞれの個性やエピソードが活き活きと描かれている点だ。捜査において、つねに「組織と個人」という対立のジレンマに追い込まれるのはもちろんのこと、彼らの私生活、とくに恋愛の行方なども興味深く、物語にふくらみを与えている。

さて、シリーズ第六作『人質』だが、題名にあるとおり、そのものずばり人質事件を扱っている。

札幌市の市街地の外れにあるワイン・バー、ラ・ローズ・ソバージュで、ピアノのミニ・コンサートが開かれようとしていた。生活安全課所属の小島百合巡査部長は、ストーカー犯罪事件で知り合った村瀬香里と聴きに行く約束をした。だが、はからずも、その店で人質立てこもり事件が起きた。犯人は、かつて強盗殺人の冤罪《えんざい》で四年間服役した過去を持つ男。その当時の県警本部長、山科邦彦は、コンサートの主役たるピアニストの来見田牧子の父親だった。犯人は山科に謝罪を要求した。しかし、この人質事件の裏で、もうひとつの犯罪が進行していた。

角川春樹事務所のPR誌「ランティエ」（2013年2月号）のインタビューによると、二〇〇七年に愛知県で起きた人質立てこもり事件をヒントにしているらしい。そこで作者は、「人質立てこもりでは、犯人が要求をどう通し、現場からいかに逃げるか、あるいはいかに逮捕されるかが読みどころになりますが、私はさらにひねった監禁事件を描いてみたかった」と語っている。

なるほど、犯行グループと警察側の緊迫した駆け引きにとどまらず、ワイン・バーでの立てこもりという特異な状況をはじめ、女性警官が人質のひとりであるという点、立てこもりの場所とは別に進行する事件など、いくつも斬新な趣向が取り入れられている。

なにより今回も扱っているテーマは「人質」だけではない。事件の裏に、冤罪という大きな問題が含まれている。

先の「ランティエ」のインタビューでは、二〇〇二年に富山で起きた冤罪事件（氷見事件）がモチーフであると明かしている。婦女暴行の容疑で逮捕された男性が、懲役三年の刑に服し、出所したあとに真犯人が現れ、冤罪と判明した事件だ。最近では、東電ＯＬ殺人事件でネパール人男性が無罪となったり、袴田事件の袴田被告が逮捕から四十八年のちに釈放されたりと、いつの時代も冤罪事件が絶えることはない。裏金づくりなどの不正や腐敗とはまた異なるが、ここでも警察の体質的な負の部分が問われているわけだ。

さらには、事件に関わるさまざまな人間模様、事件をめぐるデッドエンドのサスペンス、携帯電話やＳＮＳを多用した現代的な展開など、さまざまな趣向が絡みあうことで一級の警察小説に仕上がっている。まさに同時代的な問題とともに緊迫した対立のドラマが盛り込まれているのである。

そして、待望のシリーズ最新作『憂いなき街』が、四月末に単行本で刊行された。今回は、覚醒剤にまつわる事件がメインとなっているばかりか、機動捜査隊・津久井卓とジャズ・ピアニストの恋愛模様が主軸となるなど、これまでとはひと味違う警察サスペンスに仕上がっている。とくにラストシーンは、シリーズ白眉といえるほど、ジャジーで切ない場面となっている。ぜひ、お読みいただきたい。

（よしの・じん／文芸評論家）

Haruki Bunko
ハルキ文庫

さ 9-7

人質《ひとじち》

著者 佐々木《ささき》 譲《じょう》

2014年5月18日第一刷発行

発行者 角川春樹

発行所 株式会社角川春樹事務所
〒102-0074 東京都千代田区九段南2-1-30 イタリア文化会館

電話 03(3263)5247(編集)
03(3263)5881(営業)

印刷・製本 中央精版印刷株式会社

フォーマット・デザイン 芦澤泰偉
表紙イラストレーション 門坂 流

ISBN978-4-7584-3822-3 C0193 ©2014 Joh Sasaki Printed in Japan
http://www.kadokawaharuki.co.jp/[営業]
fanmail@kadokawaharuki.co.jp[編集] ご意見・ご感想をお寄せください。